穿越宋詞，邂逅那個時代，
相遇那些詞人

有溫度的宋詞

谷盈瑩——著

目錄

卷二　相思・摯情・人生若只如初見

卷三　傷春・空嘆・無邊絲雨細如愁

卷四

樂觀・青春・烈士壯志意難平

卷五

詠史・懷古・悠悠萬世隨潮去

卷六 悠遊・自在・哲思一縷度人生

卷七 她去・悼亡・陰陽兩世訴衷情

卷八

自然・人情・遲麗江山別樣紅

卷九

羈旅・思鄉・此心安處是吾鄉

卷十

豪邁・愛國・斗轉星移心不滅

序

於虛妄處發現心之所向

青春的浪花點點，歲月的星光璀璨，徜徉過歷史的長河，常常瞥見漂浮在河面上的斑斑點點的亮色。在前行的路上，宋詞的出現猶如指路明燈般，衝破了久違的黑暗，照亮了前行的路途。

追溯往昔，仰視星空，再次遙望經歷歷史沉澱之下的那些璀璨的文學之珠，在宋詞的世界裡，聽一個個動人心弦的故事。

提到宋詞，蘇軾、李清照、陸游、辛棄疾……詞人之名噴湧而來；提到宋詞，水調歌頭、念奴嬌、滿江紅……膾炙人口的詞牌之名映入眼簾。踏著唐詩的腳步，宋詞開拓出了新的發展疆土，也給它的仰慕者，帶來了全然不同的閱讀體驗。

國學大師王國維先生曾在《人間詞話》中總結出三境界：「古今之成大事業、大學問者，必經過三種境界：『昨夜西風凋碧樹，獨上高樓，望盡天涯路』（晏殊〈蝶戀花〉），此第一境也。『衣帶漸寬終不悔，為伊消得人憔悴』（柳永〈蝶戀花〉），此第二境也。『眾裡尋他千百度，驀然回首，那人卻在燈火闌珊處』（辛棄疾〈青玉案〉），此第三境也。」這般宋詞的三境界，正是人生境界的逐步昇華。

在歷史的座標上，我們都在努力地找尋著心靈的位置。然而，面對物欲橫流的現實社會，面對車水馬龍的浮華凡世，為了豐腴物質生活而打拚的人們何曾體會到生命真正的樂趣。

猶記得，莫言先生參加一次文學會議時提出的一個命題——「貧富與欲望」。當人們孜孜不倦的物質追求淪為生命的負累，不曾去真正反顧內心所向，這樣的人生是何等悲哀。

願在宋詞的世界裡，我們得以重新審視人生的價值，於虛妄處重新發現希望之光。

一曲「大江東去」唱不盡一代英雄的悲歡離合，一曲「曉風殘月」吹不盡情郎們的離愁別緒。面對久違的愛情，秦觀深切吟詠「兩情若是久長時，又豈在朝朝暮暮」；面對故去的亡妻，東坡長嘆「料得年年腸斷處，明月夜，短松岡」，那「一川煙草，滿城風絮」惹得人「欲語淚先流」。抑或是放聲高歌，唱一曲豪邁雄歌，怒髮衝冠一聲吼：人生自古誰無死，留取丹心照汗青。這一壯懷激烈的心靈呼號不僅是一個詞人的良知，更彰顯著一個愛國志士的精神高境。

那一年，望故鄉邈遠，不忍登高臨遠，唯有把那無窮無盡的離愁，天涯地角尋思遍，一個遊子，一個內心深深地烙印著故鄉身影的遊子，只能把一腔羈旅憂思交予美麗的文字，淡淡的墨香裡沉澱出人性的真實和美麗。

那一日，疏影横斜水清淺，暗香浮動月黃昏。這份清幽淡泊或許是永駐在人身邊，卻從不為常人所觀所感的風景。可娓娓道來的幾句話語，卻將普通之景點染成了神境。宋詞猶如一個神奇的魔法師，有一股化腐朽為神奇的驚人力量，觸動著人們的靈魂，賜予讀者無窮的力量。

在文字的世界裡，我們看到了一個不一樣的自己；在文字的世界裡，我們認識到一種不一樣的達觀態度。在文字構築的夢中，每一個人都是尋夢者，每一個尋夢者的光輝都在熠熠閃閃，踏著斑駁青春，重新找尋來時的路。

年年歲歲花相似，歲歲年年人不同。在宋詞的世界裡駐足癡望，但見一篇篇詞作在淡淡的墨色中對生命呼喚，暈染出一朵朵香氣馥郁的白蓮花。

風景這邊獨好。不如在這個陽光慵懶的午後，駐足腳步，輕輕打開心扉，和著音樂，品一杯香茗，遙望那最美的宋詞。

卷一

離愁・思恨・萬水千山總是情

殘月裡的淚眼：便縱有千種風情，更與何人說

〈雨霖鈴〉

寒蟬淒切，對長亭晚，驟雨初歇。
都門帳飲無緒，留戀處，蘭舟催發。
執手相看淚眼，竟無語凝噎。
念去去，千里煙波，暮靄沉沉楚天闊。
多情自古傷離別，更那堪冷落清秋節！
今宵酒醒何處？楊柳岸，曉風殘月。
此去經年，應是良辰好景虛設。
便縱有千種風情，更與何人說？

說到柳永，人們會記起他在落榜後意難平時「忍把浮名，換了淺斟低唱」的喟嘆，也不會忘記他「對瀟瀟暮雨灑江天，一番洗清秋」的煢煢悲秋念家，更不會忘記他「衣帶漸寬終不悔，為伊消得人憔悴」的一往情深。而這首〈雨霖鈴〉的每一個字，讓經歷過離別的人們刻在心上，誦讀如噎。

柳永是北宋傾其一生專注寫詞之人，他在詞史上有著不可磨滅的

貢獻，那一首〈望海潮〉不僅濃墨重彩地寫下杭州之繁華，至此還開啟了慢詞寫作風潮。相較於〈望海潮〉的大開大闔，婉約派詞人柳永的大多數詞則像雨打湖面，漣漪輕輕漾開的細膩低吟。如今我們提到柳永時，常聞「柳郎中詞，只合十七八女孩兒，執紅牙拍板，唱『楊柳岸，曉風殘月』」的評價，雖此言並非完全精準，但也將柳詞繪出大致的倩影。

煙花巷陌，紅燭絲管聲囂，自詡「白衣卿相」的柳永倚紅偎翠，把酒暢言。科舉接連失意的柳永與坊間身世零落的歌女們有天涯共淪落之悵然。和狎興輕浮的浪蕩公子不同，柳永平等看待歌伎，為她們譜曲填詞，也將這些溫婉靈動的女子寫入詞中，勾出她們千嬌百媚的生動，揣度她們煙光殘照裡，憑欄遙望的寸心萬緒。

柳永總娓娓道出市井裡的人生蒼涼，酸苦況味，尤其是「離情別緒」這一主題在他酣灑筆墨間繪製得百轉柔腸，黯然銷魂，而〈雨霖鈴〉更是其中之佼佼者。

說起離別，思緒便像一張大網般張開，這是任憑時間的洪流如何奔湧也說不盡道不完的主題。歧路將臨，別情脈脈。不同時代的文人騷客紛紛有感而發，為這「離別」的大道添磚加瓦，通向沒有終點的天際。

「寒蟬淒切，對長亭晚，驟雨初歇」短短十二字，就將分別的時間、周圍環境以及天氣情況漸次描寫。「淒切」的豈是蟬鳴，那即將分離的心一緊一顫恰似嗚蟬。「長亭」象徵離別，此意象早已被古詩頻頻徵用。初停的驟雨像上天能知曉我心意，招來迫切迅疾的雨珠暫泄憂傷，長亭簷角也許還有雨滴緩緩落下，像分別倒數計時；樹木折射著清亮的水光，潮濕的泥土踏上去更柔軟，似乎要黏住離人的雙腳，不能再多走一步。還未正式言別，而別離的笙簫已吹響。

何以解憂，唯有杜康。借酒消愁是大家最常用的排遣鬱悶的方法，也懶得去計較是否會愁更愁，唯願於長醉中忘卻三千煩惱。詞人卻「無緒」飲酒，腦中縈繞著離別憂思，哪還有豪飲的興致。滿心留戀，而小船已催促要啟程。「執手相看淚眼，竟無語凝噎」，雙手相握，四目相對，淚眼婆娑，縱有千言萬語還想訴，卻只有如鯁在喉難開口。

那晶瑩的眼波裡，藏著只有你知我知、心有靈犀的真情實意。自「念」開始，情境由實轉虛，想到那「去去」之路漫漫，彷彿可以無限延續，像《古詩十九首》其中「行行重行行，與君生別離」那般，恍若每一步都異常沉重艱難，去去日千里，茫茫天一隅。

煙波浩渺，晚間霧濃，遼闊天際，前程何在，幾時是歸日？人內心的情緒總是疊層千萬，還未離別，就思歸期，而這番暗淡的暮靄之景如離人憂心忡忡、毫無著落的前程，前途不明，再會安可期？「千里煙波，暮靄沉沉楚天闊」收束上闋的同時，引出下闋更深的情懷。

好一句「多情自古傷離別」，悠悠天地間，無論古人還是今人，皆傷離別。此句從個人抽噎裡起身，在更廣闊普遍的意義上去闡述離情，這為人類發聲的言語一出，彷彿可以聽到千年前後傳來的回聲。

緊承的「更那堪冷落清秋節」加重語意，離別為一悲，而寒秋又為一悲。感傷的事，感傷的景，立即讓悲之懷更黏稠。「今宵酒醒何處」是詞人的自問，對此，他做出的回答是「楊柳岸，曉風殘月」，言簡意深，情與景相生相融。

酒後凜冽的曉風喚回人的意識，他思緒飄飛，想得更遠，「此去經年，應是良辰好景虛設」，形單影隻的漂泊，經離別過濾後的風景時節，再美好也如同虛擲。思念成疾，嚼一切皆無味。詞人再有波瀾起伏的風月深情又如何，沒有思念的人兒在身邊，「便縱有千種風情，更與何人說？」

結尾四句是對分別後的情景做出的長遠想像，把離愁在時間線上拉得更遠，思之至也。整首詞層層鋪墊，離思緩緩流露，沒有終極。景語即情語，為千古流傳的佳作。

很難想像柳永的心思可以如此細膩，而且能直面內心情緒。比起「丈夫志四海，萬里猶比鄰」的自我寬慰激勵，柳詞的字裡行間有放縱兒女情長之嫌，但這何嘗不是一種勇敢的誠實。

念念不忘，必有迴響。但凡是經歷過分別的人都會在心裡悄悄期待著重逢，不管它成真的機率有幾分。幸好有柳三變，讓我們的初心從遮掩的裹覆中露出，是否你應該對那個你唯願與之分享良辰好景的人，上交你的思念呢？

邈遠平波：

無窮無盡是離愁，天涯地角尋思遍

〈踏莎行・祖席離歌〉

祖席離歌，長亭別宴。

香塵已隔猶回面。

居人匹馬映林嘶，行人去棹依波轉。

畫閣魂消，高樓目斷。

斜陽只送平波遠。

無窮無盡是離愁，天涯地角尋思遍。

提到晏殊，人們似乎看到他在花園小徑上獨自徘徊念著「無可奈何花落去，似曾相識燕歸來」，或對著滿目山河，嘆年華光景有限，悟出「落花風雨更傷春，不如憐取眼前人」的生活態度，或在秋風晃動著碧樹的夜裡「獨上高樓，望盡天涯路」。

官至宰相的晏殊仕途穩順，無太多波折動盪，他筆下再是寫離愁別緒，也帶著一種雅致含蓄，如平波邈遠。

晏殊七歲能屬文，天資聰穎，可謂神童。慶幸的是，雖然他早慧，卻並沒有仲永之傷，而是把握機會，十四歲考取進士，再步入官場。

晏殊生在太平的北宋初期，五代十國的混亂剛剛結束，全國實現大一統，國泰民安，政治上並沒有太大的漏洞亟待修補。因此晏殊活在了一個極好的時代，縱觀其生平，他在政治上也無太大建樹，而他為世人稱道的是才華和品行。

《宋史》裡說晏殊「文章贍麗，應用不窮，尤工詩，閒雅有情思，晚歲篤學不倦」，卻獨獨沒有提到他的詞，自古以來認為詩是正統，詞乃小道，詩攬去了言志的功能，把風月情懷更多地留給詞去訴說。看晏殊詞有傷春悲秋無奈流年匆匆，繼而有不斷對青年時期的追憶，還有哀離別，思無窮。有人說晏殊筆下寫的是富貴閒愁，而我竊以為那是對他的誤解。晏殊筆下的萬端思緒感念，皆出自一個文人心底深處，只不過每個詞人性格不同，晏殊的詞中有種豁達的超然，理性成分較重，平衡了那綿綿悠長的情思。

也許，在晏殊那麼多的詞作中，這首並不突出，卻能顯示晏殊的理性思維和有節制的情感，即便面臨分離之傷，也能以開闊的心境從容對之。

開篇入題，沒有任何鋪陳，餞別宴席上離歌悠長，宴飲後我們將在長亭告別。

花瓣凋落，融入泥土，泥土攜著花香，在嗒嗒馬蹄下揚起「香塵」，哪怕香塵擋住了回望的視線，也要不停地轉頭看。這一句詞，並未給出明確的主語，到底是居人還是行人回面，我覺得應是兩個人都在不停地回頭。居人上馬，離人登船，船行馬走，朝著相反的方向，距離逐漸增大。

晏殊筆下的離別沒有「執手相看淚眼，竟無語凝噎」的纏纏綿綿、難捨難分，而是知道分別之必然，餐飯食畢，離歌聲停，執行完這些分別該有的程序，你我便各走一頭，奔向未知的命運。

相聚的那一刻意謂每過一天就更靠近分別的時日，天下沒有不散的宴席，以後的事留給未來給出最終答覆。一切看上去那麼公式化，超脫的理性，然而「猶回面」這個動作卻顯示出幾縷溫柔情長。原來，回頭這個動作竟可以這麼美，它不是回眸一笑，顧盼生輝，卻是小心翼翼又自然而然地回頭尋覓，想看看那個人的身影，多見一面，哪怕僅有一秒，足矣。

可恨香塵之屏障，已互相望不見，即便看不見，仍要在回頭凝望中想像著離人身影，那離去時的模樣，這是一種克制的深情。此後再分別寫兩人各自前行的情況，「居人匹馬映林嘶，行人去棹依波轉」，馬替我隔著樹林哀號，船槳輕划，水波轉動，你乘舟遠去。送行之畫面一氣呵成。

古人總愛登樓，尤其是失意煩悶之時，也許寄希望於高處遼闊之視野能紓解心中淤積之苦悶吧。此處居者也登上畫閣，倚欄遙望，正道是「黯然銷魂者，唯別而已矣」，江淹誠不欺吾矣。

這一望納入眼中的是「斜陽只送平波遠」，這描寫並未用一個帶有心理色彩的詞，看似客觀描繪所見景色，而「只送」二字，藏滿了無可奈何的悵然，讀出來就是一聲綿長嘆息。邈遠碧波，思緒忽然酣然，直抒胸臆，一句「無窮無盡是離愁，天涯地角尋思遍」收束整首詞，以「無窮無盡」對「天涯地角」，之曠闊，之浩瀚，思繞天涯。

晏殊作為一個理性的詞人，哪怕內心憂傷痛苦，也不願直接將傷口赤裸裸展現出來。晏殊擅長小令，其詞脫胎於五代小詞，境界含蓄曼妙，用語明淨雅致，開拓了宋詞婉約派風格，被稱為「北宋倚聲家之初祖」。

也是，只有及早品嘗過人生種種的晏殊，才能抵達「望盡天涯路」的大境界。他對與生命有聯繫的一切事物都有獨到的領悟，對於離愁思念，他想說的又豈會只有海角天涯尋覓思念？「垂楊只解惹春風，何曾繫得行人住」、「欲寄彩箋兼尺素，山長水闊知何處」，他喜歡在結尾打一個大大的問號，無解的問號，穿越時空來叩擊你我的心房。

柔腸道不盡離愁：平蕪盡處是春山，行人更在春山外

〈踏莎行〉

候館梅殘，溪橋柳細。
草薰風暖搖征轡。
離愁漸遠漸無窮，迢迢不斷如春水。
寸寸柔腸，盈盈粉淚。
樓高莫近危闌倚。
平蕪盡處是春山，行人更在春山外。

提到歐陽修，怎能不提起他「月上柳梢頭，人約黃昏後」的俏皮靈動，怎能不提起他「庭院深深深幾許，楊柳堆煙，簾幕無重數」的深隱幽婉，怎能不提起他「文章太守，揮毫萬字，一飲千鍾」的疏朗曠放。

官場的一波三折讓歐陽修有更多的人生體驗，這迂迴曲折的命運脈絡從他的詩詞中顯現出。而有關說離愁，道相思，更莫過於「平蕪

盡處是春山，行人更在春山外」的韻致別具了。

同為北宋詞人，歐陽修的仕途沒有晏殊的幸運平順，他三次遭貶，切身體會過人生的起起伏伏，百般滋味攏心中。一路蹉跎沒有讓他意志消沉，無論是他的詩還是詞裡，都能呼吸到一股席捲而來的生命樂觀昂揚的氣息，「曾是洛陽花下客，野芳雖晚不須嗟」便是如此。生命貴在無數的可能性，願意敞開一顆心去體驗感受，接受時間賦予的一切饋贈，無論好壞。歐陽修自號醉翁，有酒方能暢懷盡興，即使被貶到滁州，他也能在流連山水裡悟出諸多樂趣，智者樂山，仁者樂水，六一居士，仁智者也。

歐陽修的詞是五代詞人的延續，頗具南唐馮延巳的詞風。劉熙載《藝概》云「馮延巳詞，晏同叔得其俊，歐陽永叔得其深」，此話抓住了歐陽修詞一極大特點。「深」乃脫去脂粉裝飾，真摯深刻表達情感。他的詞是疏快裡蘊藏著品格，平和沉著又不失雋永，這首〈踏莎行〉即有此風格。

「候館梅殘，溪橋柳細」，開篇即點明時間地點，梅殘柳細之時，乃大好春日良辰。「候館」泛指接待過往官員或外國使者的驛館。

這句詞暗含了一個羈旅行役之人的形象，「草薰風暖搖征轡」，描繪出行人路途中的情景，草香清新，風兒柔和，春的明媚在這四個字裡一顯無遺。行人騎馬牽著韁繩，嗒嗒向前。

「搖」不知是草動，還是風吹，還是人身體之顛晃，抑或是人心中離愁，《詩經》有云「行邁靡靡，中心搖搖」。行人離家愈來愈遠，縱然一片美好風光，也無緒欣賞，「離愁漸遠漸無窮，迢迢不斷如春水」。心中惆悵一路緊隨，並且隨著離家距離的增長慢慢擴張，歐陽修將此無邊無際的離愁比作悠悠不絕的春水，化抽象為具體，正如南唐後主之「問君能有幾多愁？恰似一江春水向東流」。上闋乃寫行人征途感懷，樂景言哀，傷心必將加倍。

下闋視角轉換，回到閨閣，「寸寸柔腸，盈盈粉淚」，閨中人情意纏綿，淚眼未乾，愁緒萬端。此恨難遣，想登高遠望，把視線延伸到最遠最遠，願能看見行人身影。然而「樓高莫近危闌倚」，這樣一個祈使句，莫要靠近高欄，讓人不由心生疑惑。

尾句立刻給出釋疑，「平蕪盡處是春山，行人更在春山外」，草木叢生的平原曠野盡頭是疊嶂重山，而心中思念的人在這天然屏障之外，遠之又遠的地方，何能得見，既不能見，再倚欄而望，豈不是更添一層愁？而這居人所思，乃行人代為之思，從一人心裡，得兩人之相思，可謂妙絕。

唐圭璋云：「平蕪已遠，春山則更遠矣，而行人又在春山之外，則人去之遠，不能目睹，惟存想像而已。」整首詞清新俊逸，前後勾芡，章法井然。最後一句連用兩個「春山」，有評論者嫌其繁複，而筆者認為這正是歐陽修精妙之處，重複使用「春山」，更突出空間上距離之遙。春山之昂揚生機，似望眼欲穿旺盛滋長的綠色離愁，滋味難耐。

水盡天不盡，人在天盡頭。

歐陽修在〈踏莎行〉裡給我們提供了思念更遼闊的一種形式，把相思的種子從抽象裡拔出來撒在泥土裡，長成千層樟木，萬重雲樹。然而這僅僅是一部分，行人幻想著閨人見春山之感傷，思維觸角延展出去迂迴了兩圈，一個「外」字把空間開闊的可能性釋放到難以界定。春山外的行人，到底有多遠？

離別生愁，相思無極，柔腸難道盡。歐陽修寫離別時正視真相，不兀自沉淪，溺於幻想，他告訴你這距離有多遙遠，就是站再高也看不到心中所覓，既然如此，那就莫倚危欄。然而，在心靈空間裡，千萬里河山，不過咫尺間。

春風吹不散別緒：人生自是有情癡，此恨不關風與月

〈玉樓春〉

尊前擬把歸期說，未語春容先慘咽。
人生自是有情癡，此恨不關風與月。
離歌且莫翻新闋，一曲能教腸寸結。
直須看盡洛城花，始共春風容易別。

歐陽修寫過「聚散苦匆匆，此恨無窮」，同許多文人一樣，面對人世間的相逢與別離，他嗟嘆感懷。正因聚散無常，人生難料，相聚才彌足珍貴，尤其是友人在一起的笙歌宴飲，他表達出「人生何處似樽前」的瀟灑風神。而在「人生自是有情癡，此恨不關風與月」裡，歐陽修更顯示出他承認心中癡情，毫不遮掩的直率。

古時文人有個很顯著的特點，

就是通常都有考取功名之抱負。文人與政治息息相關，也許這就是他們的「家國夢」。

歐陽修是個文人，同時在朝廷任職。官場的爾虞我詐，勾心鬥角他皆有所了解。因此，他不是純粹的文學家，一輩子就俯首桌案，研讀經文，又或者遙望山水，察花草樹木之幻化，嘆內心萬千思緒之綿延，研磨於字裡行間。對於歐陽修來說，做官是他的職業，這是他在社會上立足的最大身分，而感想抒懷，則是閒暇時的興趣。

作為北宋時期古文運動的宣導者，歐陽修推崇「文以載道」，主張從日常百事著眼，「履之於身，施之於事，而又見於文章」，寫文章要從現實出發，要具有社會責任感，不可說些無病呻吟的空談。

因此一些政治見解借文而暢談，而他作為一個有六根的人，對世界對生活的感受則盡情在詞中訴說。可以說，他留下來的這些詞，為我們還原了一個率性至情的歐陽修，他有著「把酒祝東風，且共從容」的雍容大度，也有著無關風月，普遍共性的癡情。

樽前話別，道別本應道再見，而「尊前擬把歸期說」則是打算說說何時歸來，其下既有還未分離，就盼望再會的繾綣深情，也有來日漫漫，歸期難料的無可奈何，那姑且商量下，彼此給個安慰也好。「未語春容先慘咽」，然而話還沒有開口，青春的臉龐便皺著眉頭，愁容慘澹，聲音嗚咽，難說出完整的一句話。最終話還是沒說成，照應了前面「擬」字，分別前的訴說還沒有實現，已變成淚眼相望、兒女共沾巾的局面。

起句淒淒慘慘，難捨難分，然而歐陽修不會任情緒消沉哀戚下去，「人生自是有情癡，此恨不關風與月」，這一千古流傳的句子，它顯示了一個通俗的真理：人生中對感情執著自是極正常之事，「癡」乃癡心黏著，人在很多時候，很多情況下都會受到感情觸動，心靈震顫，這種糾結憂愁的心情是與風月無關的。這一關於人生的總結性語言有力地驅散了上一句壓抑的陰霾。

從理性回到當下，「離歌且莫翻新闋，一曲能教腸寸結」，別離宴上，歌曲似乎是必不可少的項目。難訴之情，以歌代之。然而此處歐陽修寫到舊的歌不要填上新詞，就你我現在共同聽的這一曲，已經夠讓人肝腸寸斷了。再唱下去，眼淚也許沒個盡頭，如江水流去。此處感情又低沉起來，離別似乎能使人心中了毒，唯有相逢是解藥。

但不要著急，歐陽修的思維是有些跳躍的，他能從那些看似無路可走的消極思緒中看到微光，看到希望，這也是歐陽修的智慧之處，「直須看盡洛城花，始共春風容易別」，不要停留在悲傷的旋律中了，且去一同觀賞這洛陽城的絢麗的花，它們會綻放得無比燦爛奪目，它們也會凋謝零落殘損一地，何謂「看盡」，即不要只看到花開，還要想到花落，花開花落很正常，人有聚便有散，也再尋常不過。

更何況，春風也不會一直停留不去，到了時間，時節更替，春風轉夏陽。春風也會暫時告別，春風的離開那麼悄無聲息，那我們倆也如風一般淡然從容地分離吧。這結尾又是跌宕之語，令人驚詫。

王國維云「於豪放之中有沉著之致，所以猶高」，歐陽修的豁達從容，隨著整首詞的聲調畢現。這是一首在感情上抑揚得很工整的詞，情緒處於由低轉高，再落至低最後升高。這其實非常符合人的思維機制，先把負面心情抖落完，然後以一種本能力量自我拯救，又出一駿發有力之言，絕地逢生。其灑脫的力量是不可抵擋的，雖然哀傷憂愁仍然是客觀事實，但那又如何，兵來將擋水來土掩，離別愁緒來了，也自有應對的方式。

還記得嗎？曾經一起攜手共遊勝地，群芳盛放，姹紫嫣紅，生機盎然。人生無常，世事難料，總是聚少離多，今年的花兒比去年紅豔嬌媚，明年的花兒開得會更好，那時候又有誰伴我一同遊賞呢？也許是你，也許我獨自一人，再也許是其他人，時間會給出答案，但不一定是壞的回答。面對分離，歐陽修有慰藉，也有對生命的信念。

邈遠故鄉不忍望：是處紅衰翠減，苒苒物華休

〈八聲甘州〉

對瀟瀟暮雨灑江天，一番洗清秋。
漸霜風淒緊，關河冷落，殘照當樓。
是處紅衰翠減，苒苒物華休。
唯有長江水，無語東流。
不忍登高臨遠，望故鄉渺邈，歸思難收。
嘆年來蹤跡，何事苦淹留？
想佳人，妝樓顒望，誤幾回、天際識歸舟。
爭知我，倚欄杆處，正恁凝愁！

說到柳永，浮現在讀者大腦中的首先是他「執手相看淚眼，竟無語凝噎」的依依惜別，柳永寫起離別來，大部分詞沿襲著花間詞婉約纖細的風格，只不過在其中添了幾分俚俗的市井生活氣息。而這首〈八聲甘州〉，同樣寫羈旅漂泊在外的離愁，心念故鄉家人的相思，卻顯示出沉雄清勁之神韻。

前面說到，柳永善寫慢詞，

文學史上也常說慢詞自柳永開始。那麼何謂慢詞呢？五代以及早期北宋詞多為小令，柳永開始發展出篇幅較長的詞。《詞譜》裡說慢詞：「蓋調長拍緩，即古曼聲之意也。」音節上的緩慢便於鋪陳敘述，可以容納更廣闊的內容，也可以成就比較壯大的篇章，〈八聲甘州〉即有這種大氣。

柳永仕途道路不順，直到晚年才中進士，做了一個很小的官。而關於他科考之路的坎坷有一個故事流傳甚廣。在初次落榜之後，他負氣之下寫了「才子詞人，自是白衣卿相」、「忍把浮名，換了淺斟低唱」這樣疏狂畢現的詞句，公開表達他在科舉失敗之後的內心變化，其中透露著一種自信，雖然也夾著幾分嘲諷。

這首〈鶴沖天〉傳唱很廣，據說連宋仁宗都知道了，當柳永再次參加科舉並中取時，宋仁宗將他的名字劃掉，並說：「此人好去『淺斟低唱』，何要『浮名』，且填詞去。」此後，柳永便自稱「奉旨填詞柳三變」。

入仕路崎嶇，沒有功名的柳永沉醉於煙花地，為此他有大量時間專注於詞曲研製。他的詞深受普通民眾的喜愛，其傳唱廣到「凡有井水處，皆能歌柳詞」的程度，也算是在另一條道路上的成功吧。

「對瀟瀟暮雨灑江天，一番洗清秋」，首句凝練地寫出了清冷秋景，雨瀟瀟而下，連接江天，這番雨落，給人視野的感受是「洗」，塵囂沖卻，餘下沁點涼意的清新寧靜。

一個「對」字，統領上闋，描繪詞人所對之景。接下來便是獨立的生命所感受到的具體秋意，「漸霜風凄緊，關河冷落，殘照當樓」，風冷衣衫薄，殘餘幾縷夕暉籠罩在樓上，散著寒氣的不僅是秋風關河，更是獨自漂泊的心。

詞人此時此刻雙眼看見的「是處紅衰翠減」，花木零落的季節，到處都生機不復，而他發出「苒苒物華休」之嘆，「苒苒」是形容時間悄無聲息地流逝，萬物漸漸消殘。

不變的是滔滔江水，向東流去。逝者如斯夫，不舍晝夜，韶華易逝，而流動的江水似對一切變化都沒有感覺，只管不停歇地奔湧，如同匆匆光陰。

下闋抒情，「不忍登高臨遠，望故鄉渺邈，歸思難收」，登高是古人很愛用的一個意象，高樓遠望，目力更開闊，也更易編織一張感懷的網，一絲一縷都纏繞著苦愁。朝家鄉方向望去，思念一旦傾瀉便難以整理。

事實上詞人「歸思」的藤蔓已蔓延出來，「嘆年來蹤跡，何事苦淹留」，詞人自問自己為何要凄涼漂泊，客居他鄉，一個「嘆」裡含有多少難言的苦衷。「想佳人，妝樓顒望，誤幾回、天際識歸舟」，此處視角轉換到佳人處，仍舊是「歸思」中的一縷。

詞人想，家中妻子應該也在樓邊眺望江面，希望漂過的舟船裡載著歸來的人，可是卻誤認了好多次，而這「誤」包含著由希望轉為失落的情緒，「幾回」表現這樣的由驚喜到嘆息的情景出現次數不止一次，情思更哀婉悱惻，就像詩人鄭愁予說的：我達達的馬蹄是美麗的錯誤，我不是歸人，是個過客……

「爭知我，倚欄杆處，正恁凝愁」，將紛亂的思緒收束回來，由想像的虛寫轉回現實，詞人正倚著高樓欄杆，胸中鬱積著哀愁，「凝愁」之「凝」生動地顯示出愁乃層層堆疊而成，而這愁又引出以上所有抒發，以此結尾，讓整首詞結構更顯嚴謹。

望處雨收雲斷，憑欄悄悄，目送秋光。觸景生情，景隨情動，這是心思敏感的文人對外界的回應。他們的感覺力強於常人，並能一字字組合成神奇的文字世界，還原某一時刻，或某一種心境。

秋日風物總相似，離愁也總相似，縱使如此，文人們也總能分辨出一些細微的不同，並迅速捕捉出來，如「念雙燕、難憑音信；指暮天、空識歸航」和「想佳人，妝樓顒望，誤幾回、天際識歸舟」，柳永這兩句詞有相似處，也各有趣致。

把握幽微，方是高妙的詞人。

桃源望斷無尋處：可堪孤館閉春寒，杜鵑聲裡斜陽暮

〈踏莎行．郴州旅舍〉

霧失樓台，月迷津渡，桃源望斷無尋處。
可堪孤館閉春寒，杜鵑聲裡斜陽暮。
驛寄梅花，魚傳尺素，砌成此恨無重數。
郴江幸自繞郴山，為誰流下瀟湘去？

說到秦觀，首先想到的是「自在飛花輕似夢，無邊絲雨細如愁」的迷離感傷，還有那「兩情若是久長時，又豈在朝朝暮暮」的似水柔情亦讓人掛念。而微雲寒鴉的斜陽裡「傷情處，高城望斷，燈火已黃昏」更是勾勒出一幅生動如斯的畫面，怎能不銷魂。這首〈踏莎行．郴州旅舍〉是秦觀式的感別離，嘆人生。

作為蘇門四學士之一的秦觀，

因政治傾向與宋哲宗時執政的「新黨」相逆，遭遇貶官，不斷遷徙，卒於滕州。

因有此經歷，秦觀的詞中透露著一種不張揚的孤獨，這股孤獨之感又是透過一件件眼睛看到的景物呈現出來的，因此秦觀筆下之景大多都是「有我」之境。「那堪片片飛花弄晚，濛濛殘雨籠晴」，那飛花，是撩得人心緒煩亂的飛花，雨退天晴，天地霧氣氤氳，潮氣未散，心中也無法真正明朗。

雨後初晴，遙想你我曾共度一簾幽夢，享春風十里柔情，沉澱下來往昔不復，愴然追思的落寞。

人生寄一世，奄忽若飆塵。人來到世上如遠行客，這是漢朝時便興起的生命意識。而此番憂思投射於不同的個體生命上又有些許不同的色彩。對秦觀來說，他的人生坎坷經歷，讓他感受到更多的是一種沒有心安之處，居無定所的孤寂和迷惘。

郴州是秦觀曾遷徙過的一個州，郴州旅舍點名了秦觀創作這首〈踏莎行〉的背景，作於他被貶謫後遠徙郴州的途中。這樣一個剛經歷仕途波折的人，心中會浮起怎樣的思緒呢？

「霧失樓台，月迷津渡」，霧和月是極為常見的意象，然而秦觀眼裡的霧是迷失的霧，月是迷失的月，這是他真切的感受，也許在那渡口，他曾夜夜踱步，但邁向的是陌生的遠方，那樓台也許是他曾經倚靠過的，憑欄發呆，霧色迷離，前程渺茫。八個字，營造出一幅迷失的畫面，簡潔而有力度。

「桃源」是自陶淵明起創建的一個文化典故，是中國文人理想的象徵，這樣一個美好的地方無處可尋。在巨大的迷失感籠罩下，詞人也許做了「望盡天涯路」的努力，然而即使他東南西北都望斷，桃源仍是杳無蹤影。

理想的情境難遇，現實的遭遇是旅舍獨居，春寒料峭，讓人難以忍受，杜鵑啼叫，夕陽漸落。「可堪孤館閉春寒，杜鵑聲裡斜陽暮。」這句其實就描寫了旅舍生活的日子裡一些重複的片段，太陽每日都會落下，杜鵑嗚啼聲聲，這些景皆為實在的景物，而在杜鵑與斜陽構成的畫面中卻可以剝落出一種抽象的情緒，沒有提到詳盡的事件，只是說難以忍受，可還是不得不承受這種隱忍的孤獨。

這種漂泊的感傷是無可奈何的，秦觀能夠做的就是繞開直接情緒，試圖用景物去淡化它們，去抹開無限延長的孤獨。

「驛寄梅花，魚傳尺素」，和朋友分別後，會透過書信聯絡彼此。古時候不比現在，交通和通信的不便拉長了思念的距離，一封信最終抵達前是要歷經輾轉，因此更顯珍貴，然而這些來之不易的信件累積起來，便「砌成此恨無重數」，因為不能見面，思念是望眼欲穿。

而且，信件傳達的是幾天前的思緒，等收到答覆的時候，也許最痛苦的時刻已經熬過，這是「無重數」的恨裡的一層。「郴江幸自繞郴山，為誰流下瀟湘去」，結尾處突然從信件堆砌的感傷裡跳到寫郴江和郴山這樣的自然景象，是帶有強烈主觀情緒的客觀事物，郴江本來是繞著郴山流，而最終卻流向瀟湘。

據傳舜的兩個妃子，為夫君的死而哭泣，她們的淚水留在瀟湘兩岸的竹子上，因此「瀟湘」有其文化典故在，瀟湘水湧動著波瀾的哀愁。生活也不按秦觀所想一直恪盡職守為朝廷效忠，而是一股潮流就把他推到遠方，陷入孤獨的泥沼裡。

秦觀沒有寫分別的過程，沒有含情脈脈，依依不捨。他就那麼直接地寫旅舍的生活和感想，從一個人事熟悉的地方離開，羈旅漂泊。他心中，往昔之繫掛，就像寄來的一封封信一樣，堆疊起沉重心事。

花非花，霧非霧，夜半來，天明去。秦觀的離愁別恨，更多是體現出從一條鏈條裡脫落後的迷失，他想念從前的一切，但貶謫的現實讓他知道曾經的軌道並不穩固。桃源望斷無尋處，恍若在迷霧中不停遊弋，心意難安，何處有人家？

青天明月共嬋娟：人有悲歡離合，月有陰晴圓缺

〈水調歌頭〉

丙辰中秋，歡飲達旦，大醉，作此篇，兼懷子由。

明月幾時有，把酒問青天。
不知天上宮闕，今夕是何年。
我欲乘風歸去，又恐瓊樓玉宇，高處不勝寒。
起舞弄清影，何似在人間。
轉朱閣，低綺戶，照無眠。
不應有恨，何事長向別時圓？
人有悲歡離合，月有陰晴圓缺，此事古難全。
但願人長久，千里共嬋娟。

說到蘇軾，應聲而來的是「大江東去，浪淘盡」這平地乍起的豪邁曠達，忽而轉為「十年生死兩茫茫。不思量，自難忘」的沉鬱蒼涼，或者是春風酒醒後，「回首向來蕭瑟處，歸去，也無風雨也無晴」的淡定從容。最令人拍案叫絕的是，他對月獨酌時，面對夜空中的十五圓月發出了「人有悲歡離合，月有陰晴圓缺」的

豁達感慨。

蘇軾的詞以豪著稱，自他出現後，此前南唐詞人「綺羅香澤之態，綢繆宛轉之度」中便注入豪情壯聲，虎虎生氣。陳師道云「子瞻以詩為詞」，此乃東坡詞之一大特色。

那麼何謂以詩為詞呢？是把詩中情志納進詞裡，擴寬詞的內容和書寫範圍，比如滿腔熱血的愛國情懷以前主要透過詩歌表達，蘇軾將此種感情寫進詞裡，於是便有了「會挽雕弓如滿月，西北望，射天狼」這般吞吐乾坤之魄力。以詩為詞是宋代理性精神對詞體的衝擊，宋代理學興盛，其所宣導的對宇宙天地、社會人生的思考透過詞得以表現出來。

蘇軾在一些詞前加了題序，交代了詞的創作背景，其中個人化因素所占比例較大，表現為在具體情境之下心緒的抒發。蘇詞中有鮮明的自我主體，經常出現「我」、「吾」、「余」還有自我稱號「東坡」，這種與以往的詞形成差異的自我強烈表現，抖落了詞舊傳統的脂粉氣，注入了現實中詞人的精神品格與風采氣度。如「與誰同坐，明月清風我」的疏朗，又或者是「長恨此身非我有，何時忘卻營營」的自問，蘇軾透過詞寫出他的喟嘆，這也是對他自我心靈的一次探索。怪不得謝章鋌說「讀蘇辛詞，知詞中有人，詞中有品」，這首〈水調歌頭〉能顯現他獨特的人生態度。

〈水調歌頭〉詞前有一段序：「丙辰中秋，歡飲達旦，大醉，作此篇，兼懷子由。」序中蘇軾點明這首詞是中秋節時對月暢飲，側旁無親人相伴，於是想起他多年未見的弟弟蘇轍，借此篇傾吐心曲。

上闋寫對月酌酒後，興致高昂，對浩瀚夜空那最明亮的圓月做出一些想像。自古以來，詠月的詩詞不少，靜夜的月亮很容易引發人的宇宙意識，把人牽引到茫茫時空隧道間，滋生出關於人生的哲思，〈春江花月夜〉中，張若虛「江畔何人初見月？江月何年初照人？人生代代無窮已，江月年年只相似」，這般思索仍舊是懸在各個時代望月人心中很原始的問號，這是超越時空，由個體生命出發，卻超越了個體，普及每一個個體，不是孤芳自賞，而是全人類的代表。蘇軾對著月亮，他唱著「不知天上宮闕，今夕是何年」，這是關於天上人間的聯想，月上的時間計算是否和人間相同呢？是更慢，還是更快呢？

「我欲乘風歸去，又恐瓊樓玉宇，高處不勝寒」，這裡出現的「我」，是蘇軾很個性化的表達，他想隨風回到天上，暗含了蘇軾覺得自己就來自天上的預設，但是擔心天上過於寒冷，此處透露出蘇軾覺得人間自有一份溫暖，這份溫暖是實在的，或許是他切身體驗過的父子情兄弟情，又或許是清風朗月不用一錢買，高山流水任其流連的大自然的饋贈。「起舞弄清影，何似在人間」，透過想像天上翩翩獨舞，強化了人間溫情。

下闋由月光展開思緒，「轉朱閣，低綺戶，照無眠」，月光流轉在閣樓窗戶上，照著失眠的人。既然睡不著、有心事的人，對著似乎有生命的月亮，勾出縷縷情感。由此唱出了「人有悲歡離合，月有陰晴圓缺，此事古難全」，把各種月相和人間聚散相聯繫在一起，人的生命和自然事物彷彿有著神祕的關聯，因此才能產生對話，失眠之時，人對著月亮思緒起伏，月光便是月之語言。

人之悲歡與月之陰晴，自古以來似乎很難始終成全，因為生命總是蘊含著無常，這是無可奈何的。如果說這句詞像一聲嘆息，那麼尾句「但願人長久，千里共嬋娟」，就是嘆息之後朝遠處望去的目光，有著天涯共此時的溫情慰藉，和上闋之感遙相呼應。

對月興思，黑夜中至高點的光亮處，像燈塔為遠航人導路，月的光華也啟迪著一代又一代人間旅客們。蘇軾讀出來的月之清輝，是豁達的，也是開闊的，也讓讀者心中萌生出人情，彷彿浸潤在月光裡，呼吸著月光釋放出如擁抱一般的溫暖。

何夜無月？何夜無月光？不要吝嗇你的目光，不要弓背埋頭。仰望月亮，沐浴在月光裡，去尋求一段對話。邀月酌酒，當其為知己，任他陰晴圓缺。

卷二

相思・摯情・人生若只如初見

遙望千山暮雪：問世間，情為何物，直教生死相許

問世間，情為何物，直教生死相許？
天南地北雙飛客，老翅幾回寒暑。
歡樂趣，離別苦，就中更有癡兒女。
君應有語：渺萬里層雲，千山暮雪，只影向誰去？
橫汾路，寂寞當年簫鼓，荒煙依舊平楚。
招魂楚些何嗟及，山鬼暗啼風雨。
天也妒，未信與，鶯兒燕子俱黃土。
千秋萬古，為留待騷人，狂歌痛飲，來訪雁丘處。

〈摸魚兒．雁丘詞〉

愛是世間永恆的主題。有一場有始有終、「執子之手，死生契闊」的愛情，當然是幸福又幸運的。然而福禍相依，風雲難料，所以有「人有悲歡離合，月有陰晴圓缺，此事古難全」的感慨。世間事太難預料，戰爭、征程、流亡、死亡、久無音訊、變心……離恨天上

薄命司，阻礙一場愛情天長地久的牆，往往比見證一場愛情天荒地老的牆出現得更容易。

每每遇到情路坎坷的時候，或者談及古往今來飽受愛情與相思之苦的癡男怨女，我們往往概嘆「問世間，情為何物，直教生死相許」。元好問的這首詞，將男女之間百思不得其解的一個問題直白地問了出來，從而成了愛之切痛之深的一句代名詞。元好問的這一闋詞儼然已經是深愛的人的一句口號，一個信條。

詩人一開篇就在質問，「情」究竟是什麼，讓人生生死死都難以割捨？這種不加一點兒鋪陳的直白看似有些無理，卻道出了世人心中最糾結、最百轉千迴的一個沒有答案的謎題。

「天南地北雙飛客，老翅幾回寒暑。」說來有趣，這首詞開篇即問情，直接吟詠的卻不是世上男女，而是「雁丘」。此間另有一個傳奇的故事。據說詩人當初趕考途中遇到一個獵人，告訴他今天獵到了兩隻雁很有趣。這對大雁中一隻落入他布下的羅網後，另一隻逃脫的沒有飛走，而是在上空盤旋悲鳴良久，最後投石而死。

捕獵者覺得新奇有趣，詩人聽到這個故事後，卻感觸良深地買下這兩隻大雁，葬於水邊，並為牠們的墳塚起名作「雁丘」。這頗有點黛玉葬花的纖細傷懷，卻並不叫人彆扭反感。

這個故事打動詩人，繼而讓詩人寫下這首打動我們的詞的原因，蓋是這對大雁與世間癡情的男女沒有什麼不同。「歡樂趣，離別苦，就中更有癡兒女。」詩人借著大雁看到的是對愛的至死不渝，我們透過詞句讀到的亦是天涯海角誓死相隨的忠烈。

「君應有語：渺萬里層雲，千山暮雪，只影向誰去？橫汾路，寂寞當年簫鼓，荒煙依舊平楚。招魂楚些何嗟及，山鬼暗啼風雨。」深情的愛侶共同經歷了「幾回寒暑」的風風雨雨，萬里層雲，千山暮雪都是曾經同遊的，此刻只剩下一個形單影隻，讓我往哪裡去呢。我那麼想念你，尋遍天地間，卻只看到曾經繁華的橫汾舊路都是一片荒涼狀貌，我的心裡也是一般的淒涼。「聞說海外有仙山」，但離去了就是離去了，即使招魂又怎麼能真的讓你回到我身邊呢。

「天也妒，未信與，鶯兒燕子俱黃土。千秋萬古，為留待騷人，狂歌痛飲，來訪雁丘處。」這是天妒深情吧，鶯鶯燕燕哪怕再熱鬧歡快也終會歸於一抔黃土，詩人說，我寫下這首詩，是要讓後來的人都記得，會到這裡來尋訪這對癡情的大雁埋骨之處。

一座石頭壘成的小小雁塚真能讓千秋萬代的遷客騷人來尋訪嗎？不會的，它太小，太輕了，過不了兩年一定消失不見，像從未出現在茫茫大地上。詩人為何有底氣說出如此豪邁的言語？蓋因人們狂歌痛飲追尋緬懷的雁丘已不是汾水邊的雁丘了，「傷心人自有懷抱」，癡情人心中往往就有一座自己的雁丘。

如同情是何物依舊沒有一個確切的答案，千百年來癡男怨女們卻前仆後繼地墜入情網，窮其一生尋求著這個答案，有些似乎找到了，有些或許沒有。不要緊，那生生死死追尋的路途上有最美的風景，看過了才不枉一生。

情深夢邈遠：兩情若是久長時，又豈在朝朝暮暮

〈鵲橋仙〉

纖雲弄巧，飛星傳恨，銀漢迢迢暗渡。
金風玉露一相逢，便勝卻人間無數。
柔情似水，佳期如夢，忍顧鵲橋歸路。
兩情若是久長時，又豈在朝朝暮暮！

浩瀚五千年的中華文明史，留下了許多奇聞趣事，關於愛情的傳說尤為動人，它們在民間一代代流傳，又在墨客騷人的筆下一次次浮現，卻又永遠都那樣鮮活，每次的相逢都給人一種不亞於初見時的感動。

說到情深不渝卻又被阻撓的故事，牛郎織女怕是最為熟知的吧。一條銀河隔開了兩個遙遙相望的星辰，即使少不更事時跟隨家中的長

輩在漫天星斗中尋找辨識它們，也覺得是一件浪漫的事情，況且其間又有那樣一個苦苦相守卻難以相見的淒美故事。

歷來寫牛郎織女的詩文不少。如杜甫「牽牛出河西，織女處其東。萬古永相望，七夕誰見同」的哀憐；杜牧「天階夜色涼如水，臥看牽牛織女星」的淒清。宋詞中對這個故事最意韻綿長、婉轉動人的描繪，當數秦觀這首膾炙人口的〈鵲橋仙〉。

秦觀被奉為婉約派一代詞宗，詞風含蓄隱麗，筆觸精緻柔婉，用典變化、遣詞造句無不經過推敲凝練，從而寫出朦朧清幽的意境，正所謂「淮海即好麗字，觸目琳琅」。「纖雲弄巧，飛星傳恨，銀漢迢迢暗渡。」七夕是乞巧的節日，傳說少女們向織女禱祝能夠讓自己變得手巧。

那一朵朵的雲都是織女巧手織出來的，而那漫天閃爍的星星卻彷彿都在訴說著他們的離愁別恨。巧字與恨字的對比加深了惆悵。「銀漢迢迢」，那麼寬的銀河橫亙在我們之間難以跨越，只有這一夜可以偷偷地會面，「暗渡」將兩人相會的艱難寫得婉轉。

金風玉露是秋日勝景，在表達了對銀漢迢迢、苦苦相守的悵恨後，詩人筆鋒一轉，寫到相會時的喜悅。無論是多麼艱辛的一年等待、多麼急切的兩岸煎熬、多麼哀愁的思君不見，到了初秋七月，那風和雨都顯得純淨溫柔起來的時候，鵲橋漸成，久別的人兒啊，終於有了一次難得的相逢。就是這短暫的相逢，勝過一切的人間喜樂。

久別不成歡，相顧淚漣漣。在難得的相見裡應該說些什麼呢？別後的艱辛，此時的歡聚，不只是牛郎織女，世間男女都是一樣的，有千言萬語要同你說，有千頭萬緒要與你分享，卻又捨不得每一分、每一秒這珍貴美好的時光。

何況相逢是短暫的，緊接著又是別離。「柔情似水，佳期如夢，忍顧鵲橋歸路」，喜鵲歸巢，鵲橋消散，銀河依然無情地閃著銀光。同樣的一條鵲橋路，來時恨不能快一點，再快一點，早一點讓我看到你的容顏，在這短暫的相會後，沿著鵲橋返回的那條路卻叫人不忍回看。那一刻的柔情還在心間流淌，別離後的那一幕幕卻已如夢般美好卻遙遠。

漫長的等待換來那麼短暫的一瞬相逢，此後還要忍受遙遙看不到盡頭的煎熬。多麼殘忍的命運！這不僅是傳說中的牛郎織女的惆悵，更是每個在奮力走向美好愛情之路的人難免要面對的現實阻撓。

每一種障礙都像銀河裡泛起的滔滔巨浪，劈頭蓋臉地沖向你，冰冷的浪頭打到那顆渴望愛情的火熱的心上。

既然愛得如此辛苦、如此艱難，是不是就該在經歷了挫敗後灰頭土臉地放棄，接受命運的安排呢？詩人最後卻評論這段愛情說「兩情若是久長時，又豈在朝朝暮暮」，是啊，吹盡狂沙始到金，一段感情若是足夠堅韌，短暫的別離，此際的重山阻隔算得了什麼呢？終有一天，兩顆堅定的心會守得雲開見月明，走到那光明的結局。

秦觀用一首詞再次生動描繪了牛郎織女的愛情傳說，筆觸又不僅局限於一個故事，同時也細膩地寫出了世間男女久別難逢的種種心思，並提出了自己的愛情觀。這首詞因此不衰不朽，千百年來都鼓舞著情路坎坷卻依然滿懷希望的人們，堅持自己對愛情的執著。

愛不是朝朝暮暮那短暫的激情，愛是耐得住恆久的寂寞，不為情路阻隔嘆息頹喪。愛是即使不在你的身邊，也始終初心不變地堅定著對你的信念；愛是相信千山萬水走過，我們終有一天會坐在一起笑看共同努力過的美好歲月，無怨無悔。

好夢尋難成：枕前淚共階前雨，隔個窗兒滴到明

〈鷓鴣天・別情〉

玉慘花愁出鳳城，蓮花樓下柳青青。
尊前一唱陽關曲，別個人人第五程。
尋好夢，夢難成。
有誰知我此時情。
枕前淚共階前雨，隔個窗兒滴到明。

流落風塵的女子，極難真的有一個完滿又安穩的結局。除過紅拂這樣膽大肯賭的女中豪傑終於為自己贏得一個輝煌的前程，況且那樣的際遇，還得逢著亂世，逢著英雄恰恰落魄時那聰明的慧眼識珠，這其間偶然太多了。也有綠珠這樣成為男人們相爭的籌碼，最終如落花飄零的。

更多地，在夜深人靜裡思量自己無著的命運，等待著一個也許明天就有、也許永遠不會來的命運垂青。這樣說

來，聶勝瓊的確是幸運的。

聶勝瓊的故事見於《青泥蓮花記》。「李之問儀曹解長安幕，詣京師改秩。都下聶勝瓊，名倡也，質性慧黠，公見而喜之。」一個是都下名妓，美麗聰慧；一個是任期將滿，待命京中，才子佳人兩相悅之，也是自然而然的事了。

就這樣兩人一起度過了一段風光旖旎的都下好時光。但李之問畢竟是暫留京中，任命一下來就要走了，聶勝瓊萬千不捨，在蓮花樓設酒長歌以餞行，其中有「無計留春住，奈何無計隨公去」的句子，情深意切，悲不自勝。李之問心有不忍便又留了月餘。

別離多，歡聚少。李夫人見丈夫久去不歸便來催。一面要去赴任，一面要應對家中繁雜的事務，這次李之問真的要走了。聶勝瓊送別了李之問，想到此一別就不知是否還有相會時，深情與悲哀湧上心頭，寫下了這首〈鷓鴣天〉，差人送予情郎。

「玉慘花愁出鳳城，蓮花樓下柳青青。」終於到了別離的這一刻，我送你離去時春色正好，而在我的眼裡，那一幢幢的高樓都透露出慘白的陰冷，那一朵朵花都是哀矜的愁容。蓮花樓下楊柳青青，卻彷彿提醒著我正是在這裡，我要折柳送你遠去。

唱不盡陽關曲裡別離聲。詞人借著曲聲問道，王維講「西出陽關無故人」，那麼你呢？你離開汴梁回到你的故里，還會記得曾經有過我這麼一個故人在遠處為你的離去暗自神傷嗎？我送了你一程又一程，多麼捨不得分別啊，但又不能不分別。「尋好夢，夢難成。有誰知我此時情。」別時哀愁，別後相思。你已經走了，我想著只有在夢裡才能見到你吧，然而輾轉反側難以入眠，此時此刻有誰知道我滿心都是對你的思念呢。「枕前淚共階前雨，隔個窗兒滴到明。」窗外響起淅淅瀝瀝的雨聲，想著或許再也見不到的那個人，我不禁也黯然淚下，恍惚間發現天亮了，又一個沒有你的黎明到來了。

詞寫得平白易懂，一字一句間都是誠摯的相思意。李之問在路上得到了這首詞，十分感動，卻又只能無奈地將它藏在箱籠裡帶回。聶勝瓊或許沒有想到，這首詞成了她一生命運的轉機。

李夫人是個聰穎的女子，她看到丈夫歸來後似有心事，偶然間看到箱子裡藏著的詩稿，竟十分讚賞詞句間流露的才氣與深情，不但不嫉妒憤恨，反而做主將聶勝瓊娶了回來。聶勝瓊嫁入李家後，一改此前濃妝豔抹的風塵模樣，「委曲以事主母，終身和悅，無少間焉」，表現出一個女子久經風塵卻並不褪色的溫良與美好。

聶勝瓊是幸運的，她用一個女子的深情打動了另一個善良聰慧的女子，為自己的感情換得了一份相守。在漫長的古代社會裡，女子的地位實在太低，風塵中人活得尤其艱難。

一面間男人們總是忍不住要有個紅顏知己，一面又寫著道學文章用倫理綱常來貶斥她們。所謂名妓有時似乎活得更為張揚肆意，濃墨重彩地在世上走了一遭。

然而從「易求無價寶，難得有情郎」到柳如是、董小宛她們，豔幟高張之下都只是一顆柔軟的心。才名豔名再盛，想要的從來都只是一個懂得自己體貼自己的知己，一份細水長流的感情。

物是人非煙雨空：重來故人不見，但依然、楊柳小樓東

〈木蘭花慢〉

鶯啼啼不盡，任燕語、語難通。
這一點閒愁，十年不斷，惱亂春風。
重來故人不見，但依然、楊柳小樓東。
記得同題粉壁，而今壁破無蹤。
蘭皋新漲綠溶溶。流恨落花紅。
念著破春衫，當時送別，燈下裁縫。
相思謾然自苦，算雲煙、過眼總成空。
落日楚天無際，憑欄目送飛鴻。

戴復古是南宋著名的江湖詩派的代表人物，其詩多寫世事人情，清健輕快，無斧鑿痕。《石屏集》序說他「負奇尚氣，慷慨不羈」。的確，讀戴復古詩詞，常常有一種開闊豪邁之感。然而《蕙風詞話》裡卻說「石屏詞往往作豪放語……綿麗是其本色」。

不同於普遍把他當作江湖詩人歸入豪放詞風的看法，在況周頤看來戴復古真正擅長的是綿麗工長的

詞句。那麼此一說法有什麼佐證呢？大約就是這首〈木蘭花慢〉最能體現這一特點。而這背後又有一個哀婉的故事。

這首詞一起筆便有了哀愁的基調。「鶯啼啼不盡」，詩文中鶯聲啼叫多是襯出愁怨的，如「打起黃鶯兒，莫教枝上啼」的思婦別愁，「隔葉黃鸝空好音」的今古愁思。鶯鶯燕燕啼鳴著春日氣息，落在人耳中應該是歡快愉悅的吧，詩人聽到了卻只覺「語難通」，頗有一切春日的熱鬧都是別人的，而自己什麼也沒有之感。

「這一點閒愁，十年不斷，惱亂春風。」一點閒愁竟有如此巨大的力量。若是一般的閒愁，怎會十年不斷呢？可見愁思並非如詩人所言僅僅是「一點閒愁」，而是一種很濃厚的惆悵。這惆悵緣何而起呢？詩人接下來便告訴我們，是因為「重來故人不見」。詩人十年後舊地重遊，只見舊時小樓寂寂空立，楊柳依舊在春風中婀娜搖曳，那人已永遠地不在那裡了。

戴復古與許多江湖詩人一樣，不入朝為官，漂泊江湖，四海為家。他曾三次出遊，在外漂泊四十年之久。在雲遊的過程中，他遇到了那個永寧女子。這女子並沒有留下姓名，只知道她嫁給戴復古為妻，一般都被稱作戴復古妻。這是一個天資聰穎、頗有才華的女子，然而命運卻跟她開起了玩笑。

正如她自己詩中所寫「緣盡今生，此身已輕許」。本以為嫁得有情郎，彼此琴瑟相合，詩文相和，這一生的歲月可以如此安穩度過。卻不料出嫁三年後，丈夫卻說自己要走了。離開的原因是那麼的殘酷，難以置信地看著他說出曾有過婚配的話，現在他要回到他真正的家裡。

連女子的父親聽了都忍不住勃然大怒，千挑萬選的佳婿竟如此薄情，隨隨便便就拋棄自己毫無過錯的女兒，怎叫人不憤怒？女子聞言是什麼反應呢？出乎意料，她沒有哭鬧，而是婉言勸阻父親，且以所有妝奩贈夫相別。「惜多才，憐薄命，無計可留汝。」既然留不住，只好放他去了。大約也是有不捨的，但他終於走了。而她不久便慷慨赴死。

十年後詩人又回到這裡，看著楊柳小樓，懷念起當初，「記得同題粉壁，而今壁破無蹤。」曾一起粉壁題字，但如今已是斷壁頹垣，寫下的詩句也不復存在了。「壁破」二字顯示出人物兩相非的無限哀痛。簡單的句子將二人曾經恩愛自在的生活和現在對方香魂已去，自己重訪舊地的孤獨與荒涼對比，顯出無限的哀痛。

春水新漲，一片碧綠。在詩人眼裡，春水似乎都恨起翩然的落紅。春水無情怎麼懂得愛恨呢，真正憾恨的恐怕是看著這春水悠悠帶走片片落紅的人吧。見花落隨水逐漸沒了影蹤，詩人的思緒又流回當年。臨別時，她分明知道他此去的含意，卻依然在昏黃的燈下一針一線地縫著他路上穿的衣服，每一個針腳裡都是不捨與哀思。如今詩人想起當初認真製衣的妻子，無限相思都湧上心頭，卻只是謾然自苦，過往的一切都已是雲煙，都永遠地遠去了。

戴復古的妻子是個有才華的女子，在訣別時她曾對他說「後回君若重來，不相忘處，把杯酒，澆奴墳土」，是已有了赴死的決心。如今他真的回來了，舊景新墳，一杯薄酒祭奠了當年粉壁題詩的歲月。

不能相忘，卻又無處相尋，他能做的只有待薄暮將至，憑欄遙望，盼著遠去的飛鴻能將自己的一點思念帶給另一個世界的她。

滄桑後頓悟：

驀然回首，那人卻在，燈火闌珊處

〈青玉案．元夕〉

東風夜放花千樹。
更吹落、星如雨。
寶馬雕車香滿路。
鳳簫聲動，玉壺光轉，一夜魚龍舞。
蛾兒雪柳黃金縷。
笑語盈盈暗香去。
眾裡尋他千百度。
驀然回首，那人卻在，燈火闌珊處。

作為蘇軾之後豪放詞風第一人，每每提及辛棄疾，就不免想到〈破陣子〉中「醉裡挑燈看劍，夢回吹角連營」的豪氣沖雲天，抑或是〈永遇樂〉中「廉頗老矣，尚能飯否」的英雄暮年仍舊壯心不已，再或者〈水龍吟〉中「把吳鉤看了，欄杆拍遍，無人會，登臨意」的鬱鬱不得志的家國悲慨。辛棄疾少年英雄，一路殺出重圍南歸，無奈南宋偏安一隅，空有滿腔的用兵奇策，卻只能在南方做個閒差。

故土遙望，收不回，歸難去，故而滿腔的苦悶都在詩詞裡彙聚成了一種失意英雄的悲壯沉鬱風格。但作為一個優秀的作者，他的詞風仍然是多變的，遍翻《稼軒詞》，我們能看到那些數目不算多的清新、婉約詞作仍然有著不低的水準。

這首〈青玉案．元夕〉是辛詞中不多見的吟詠男女之情的作品，也是辛棄疾婉約詞風的代表作之一。詞寫詩人在元夕夜四處尋遍對「那人」的執著追求，有說此詞別有興寄，但作為一首單純的相思詞作來看，也是分外細膩動人。

詞上闋寫元夜家家戶戶賞花燈的繁華熱鬧景象，寫滿街都是嘈雜市聲，像白日一樣輝煌明亮又熱鬧非凡的夜晚。「東風夜放花千樹，更吹落、星如雨。」岑參寫雪「忽如一夜春風來，千樹萬樹梨花開」，被稱頌百年不息。辛棄疾寫煙花的比喻卻也毫不遜色，像是春風忽來，漫天的煙花如同萬千樹花朵同時綻放一樣奪目。

而這光彩奪目的絢爛只在一瞬後就悄然歸於黑暗寂靜，不是像極了漫天璀璨星辰被同一陣風搖落，只剩下寂寥的天空嗎？十三個字，兩處比喻，將煙花綻放的過程描寫得淋漓盡致。「寶馬雕車香滿路。鳳簫聲動，玉壺光轉，一夜魚龍舞。」人來人往，車馬交錯，耳畔不知何處的樂聲飛揚，眼底光華流轉，彩燈奪目。美好的季節，盛大的集會，人世的熱絡與歡愉都在這一刻潮水般湧現。

上闋只寫耳聞目睹的繁華景象，若僅僅如此便只是堆砌出一首太平盛世的頌德辭章。但下闋卻終於正題，筆墨輕輕流轉，寫人、寫情，寫那一腔不絕的幽思。在這一派和諧安好、熱鬧輝煌後，「我」又有著怎樣的心思呢？

「蛾兒雪柳黃金縷，笑語盈盈暗香去」是美麗動人的。除卻這三五之夜，其餘時候女孩子們都深居在重門閨閣中，哪能輕易見到這般佳人如雲的綺麗場面呢。賞燈的女子妝容精緻、衣飾繁複，笑嘻嘻簇擁著從身邊走過。多少匆匆而過的遊人在衣香鬢影間飄飄然幾於醉倒。

但是縱然置身萬花叢中，我的心思卻無法如彩蝶翩翩落在她們的身影上，我的心已在別處，固執地追尋。此時悵然尋找卻遍尋不到的我，大約有一點「熱鬧是他們的，我什麼也沒有」的疏離與孤獨感。

詩人在人群中苦苦地尋覓著，來來回回，幾度歡欣又失落。夜色漸漸地濃重，遊人打著哈欠離開市集，熱鬧的夜晚即將結束。就在他有些心灰意冷又有些不甘心的時候，一個偶然的回頭，卻發現那個人就靜靜地站在身後，站在最後一陣燦爛的燈火裡望著自己。

愛上一個人是容易的。但究竟如何才能好好地愛一個人，這是多少年來永無定數的一個問題。

年少時往往想得簡單，以為愛一個人就是要「紅燭昏羅帳」的結果，以為是「爛嚼紅茸，笑向檀郎唾」的肆無忌憚。那都是好的，但往往不是終點。在愛的漫漫征程中，費盡思量，直到風霜歷盡，才恍然大悟，「驀然回首，那人卻在，燈火闌珊處」，最好的愛不是絞盡腦汁步步為營算計來的，最好的愛是，你一回頭就能看到那個人在你身後對著你笑。背景是滿城輝煌的燈火，但她望向你時的笑容是最燦爛的。

卷三——傷春・空嘆・無邊絲雨細如愁

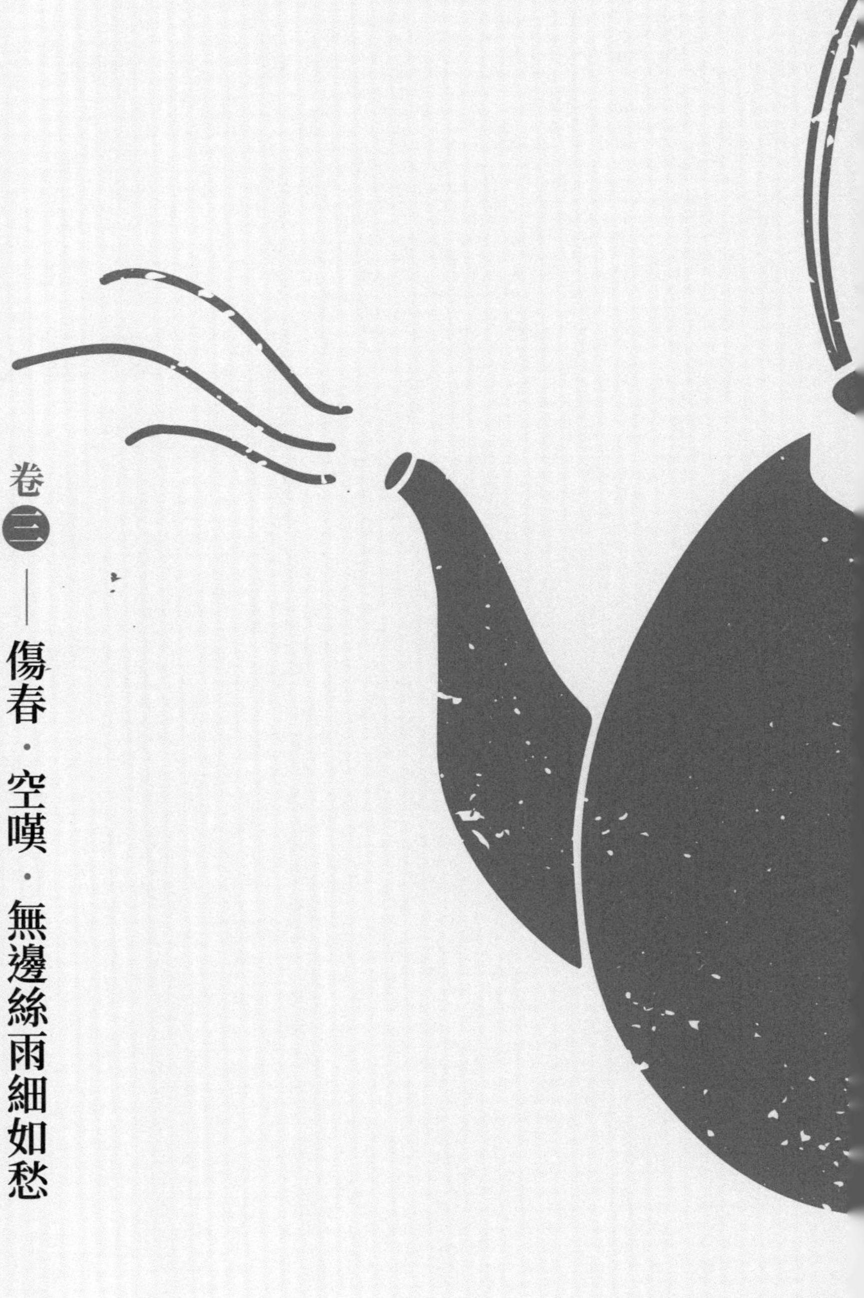

疏淡閒雅意：無可奈何花落去，似曾相識燕歸來

〈浣溪沙．一曲新詞酒一杯〉

一曲新詞酒一杯，去年天氣舊亭台。
夕陽西下幾時回？
無可奈何花落去，似曾相識燕歸來。
小園香徑獨徘徊。

（一）

這首詞是晏殊的名作之一，基本上代表了晏殊的藝術風格。收錄於他的詞集《珠玉詞》，名字起得可謂恰如其分。珠玉，像珠圓轉、似玉晶瑩，用以形容晏殊的詞，再沒有比這個更合適。王灼也在《碧雞漫志》中這樣稱讚他：「晏元獻公長短句，風流蘊藉，一時莫及，而溫潤秀潔，亦無其比。」

詞如其人，人亦如其詞。晏殊的《珠玉詞》，沒有大悲大喜的情感起

伏，也沒有大起大落的人生經歷，正如他的一生，順風順水，少有波瀾。相比於其他在仕途之路上跌跌撞撞、鬱鬱不得志的一些詩人來說，晏殊是極其幸運的，年少時便有過人之處，有「神童」之稱，被舉薦之後更是平步青雲，深得皇帝賞識，多年身居要職。但是少年得志並沒有使他養成驕縱不羈的性子，性格溫和的他深知平淡真味，為人謙遜，平易近人，唯賢是舉，范仲淹、王安石等均出自其門下，這也是他久居官場卻能長盛不衰的生存之道。

常人是無法擁有這般閒情逸致的。誠如王公士大夫，不用考慮生機壓迫，仕途升遷，才會有這般雅興。在這首詞裡，我們雖覺察出一絲遺憾，卻並不消極，明為懷人，而通體不著一懷人之語，極為高明。

無可奈何花落去，似曾相識燕歸來。這一聯基本上用虛字構成。用實字作成對子比較容易，而運用虛詞就不那麼容易了。所以卓人月在《詞統》中論及此聯時，說「實處易工，虛處難工，對法之妙無兩」。錢鍾書在《談藝錄》中也說，所謂「律之對仗，乃撮合語言，配成眷屬。愈能使不類為類，愈見詩人心手之妙」。

無可奈何什麼呢？花落自然是要惜的，惜落花便不免惜春，想到這樣好的光景也即將逝去，又怎能不感傷呢？然而，縱有無可奈何，卻也有些許欣慰，因為這樣的光景卻還是有些似曾相識的。燕子秋天南去，春來北歸，不違時節。牠們差池雙翦，貼地爭飛，呢喃對語，誰也難以分辨出其是否舊巢雙燕。燕子北來南去，季節變換，年華交替，彼時與我同賞這景致的人又在哪裡呢？花落去，燕歸來，年輪流轉，而人生便在這無窮無盡的交替中漸漸衰老直至消失。而今卻只有我孤身一人，小園香徑，獨自徘徊。

（二）

「無可奈何花落去，似曾相識燕歸來。」

關於此聯的由來，相傳還有一個傳說：一次，晏殊來到維揚，住在大明寺中。他轉來看去，忽然發現牆上有一首詩寫得很好，可惜沒有作者的姓名。晏殊跑進跑出，問個不停，終於打聽到這首詩的作者名叫王琪，家就在大明寺附近。由於晏殊從詩句中發現王琪文學修養較高，很會寫詩，所以，他立即決定要把王琪請來，一同探討詩文。

王琪來了以後，發現晏殊善於賞詩論文，態度還很謙虛；晏殊見王琪性格開朗，言談投機，便請王琪入席用餐。二人邊吃邊談，心情特別舒暢。飯後，又一同到池邊遊玩。晏殊望著晚春落花，隨口說道：「我想了個詩句寫在牆上，已經想了一年，還是對不出來。」那個句子是：無可奈何花落去。王琪思索了一下，不慌不忙地對道：似曾相識燕歸來。這一對句不但在詞面上對得契合時宜，很有特點，而且在含意上使二人的思想感情如摯友重逢，一見如故。這怎能不使人格外高興?因此,晏殊一聽,急忙稱好。

傳說未必可信,卻也令人心馳神往。

（三）

穿越千年的現代,少了吟詩唱和的風雅,惺惺相惜的體恤,多的是行色匆匆的過客,相見不語,似陌路人。也不知維揚春日,大明寺中,是否早已湮沒了晏殊當日遺留下足跡,也走失了那吟詩作對、一見如故的情意。

花已不是彼年的花,燕也不是彼年的燕,而人,更非彼年的人。我們只能從大抵相同的情境裡,感受這穿越千年的細緻感動。某個暮春的傍晚,抬頭看看晚天,沒有新詞,沒有濁酒,沒有故人,留不住開敗的花,難忘懷歸來的燕,和似乎日久不變的斜陽,會否讓你感覺這一幕似曾相識。

我們好像在哪裡見過,好像是在這裡,又好像不是在這裡,那麼,也許是在穿越千年的過去吧。

輕舟載不動愁：物是人非事事休，欲語淚先流

〈武陵春．春晚〉

風住塵香花已盡，日晚倦梳頭。
物是人非事事休，欲語淚先流。
聞說雙溪春尚好，也擬泛輕舟。
只恐雙溪舴艋舟，載不動許多愁。

（一）

沒有風，也沒有花香，只有孤獨的一個人在自己的屋子裡。日頭已經很晚了，依然坐在梳妝檯前面，不想打扮。女為悅己者容，而今悅己者已去，即便這般梳妝打扮又給誰看呢？

眼前的一切都是那麼的熟悉，但是熟悉的人卻永遠不可能再出現，坐在梳妝檯前，看著鏡子裡的自己，想到在以前，也許鏡子裡這個時候應該映出的是兩個人的笑臉，但永遠只剩下她一個人

孤獨地面對著自己的滿面愁容，思及此，又怎能不「欲語淚先流」？張嘴好像想要說什麼，還沒有說出來，眼淚已濕了衣裳。

傷心往事難回首。最難回首，是回憶盡是美好，而今物是人非。還是出去走走吧，聽說雙溪的春天到了，打算泛一隻小舟，蕩漾湖心，卻又怕雙溪的小舟太小啦，載不動我這許多的情愁。這樣的一副心境，這樣年年歲歲積累起來的，難以釋懷、沉重的心情，小小的舴艋舟怎麼能載得動呢？

昔日兩人行，而今形隻影單。再加之這中間這麼多年的滄桑與變故，又豈是三言兩語能說得清的？

（二）

遇到趙明誠的那一年，李清照十七歲。初相見，相見歡。「和羞走，倚門回首，卻把青梅嗅。」彼時郎才女貌，生如夏花。她不緊不慢地將那個男人攥在手心裡，不需要用任何手段，只需一顆明淨的慧心。這是只有趙明誠與她自己才能了解的默契，彷彿是前世宿命的約定。這一生，他們十指相扣，佳偶天成。

新婚燕爾，二人情濃嬌嗔。雖然趙明誠貴為當朝高官趙挺之的三公子，但絲毫沒有不學無術的紈褲之氣，且才華橫溢，又十分熱愛尋訪蒐集前朝的金石碑刻和文物字畫。在李清照嫁與趙明誠之後，夫妻兩人便共同致力於金石碑刻和文物字畫的尋索收藏事宜。但這不是果。它是脆弱的始，映照了多年後脆弱的末。

所謂「浮槎來去，福禍相依」，小愛敵不過大亂。元祐黨爭的霍亂蔓延到這對新婚燕爾的情人身上，脈脈溫情漸次嶙峋，不免分離。

兜兜轉轉聚少離多，又逢靖康之變，國難當頭。李清照被迫南渡，而後不久，重新走上仕途的趙明誠卻染上瘧疾，病逝於建康。

趙明誠死後，李清照攜趙明誠生前與自己蒐集的文物字畫獨自輾轉，流離顛沛。此時，李清照的第二任丈夫張汝舟出現了。他百般殷勤，費盡心機，然而虛情假意怎能禁得起時間的考驗，當他得知李清照手裡的文物只剩寥寥並且他絲毫不被賦予接近的機會時，他終究摘下面具，變成一隻豺狼。

她當然不是尋常女子。她用來應對這一切匪夷所思的災難的方式震驚舊時人：離婚。公堂之上，她絲毫不懼牢獄之災。清者自清，濁者自濁。最終因張汝舟人品低賤，曾舞弊入官，歷史不潔，李清照弟弟李迒藉機將他的罪行揭露，張汝舟被除名流放到柳州編管。九日之後，李清照便離開囚牢。於此，這一段「再嫁」的羞恥難事告終。

她不驚不悲，不哭不鬧。安安靜靜妥妥當當地將這一切攤開在日光之下。如此，她重回到屬於她自己的潔淨世界。

再後來是安穩。再後來的後來是寂靜。她承言繼志，她後序金石。總結自己與趙明誠的半生緣，總結自己顛沛流離的一輩子。這便是她的夕陽歲月，是只屬於她自己的桑榆暮景。物是人非事事休，欲語淚先流。莫道不銷魂？

（三）

若是不曾遇見，也就不會有這麼多的苦痛了吧；若是不那麼認真，也就不會難以放下了吧；若是恩愛情愁都可化了酒，權且當遊戲一場，也就不會有今日這麼濃重的愁思了吧。

可是，故事的開頭就是這樣書寫的，若不是曾經遇見，也便不會有那麼多美麗的回憶，賭書消得潑茶香，伉儷情深；若不是曾經遇見，我又怎會知曉，這世界上還有這樣一個你，與我情投意合，心心相惜；若不是曾經遇見，大概也不會有今日的你，今日的我，其間種種，都將因錯過而幻滅，你我，終究是不完整的。

而今，縱使這情愁萬般，這般不得釋懷，也都是因為你。所以，多麼幸運，讓我遇見你，在我人生最美麗的時候。一見明誠誤終身，從此，不管在我生命中有多少過客匆匆，有多少水盡山窮，我只愛你，只愛過你。因為，你是我命中那不可承受之重；因為，你是我一生最不願將就的將就，遇見你，於萬千人中，我再不願將我的杯傾與他人，從此，我的杯只願為你而傾。

若問閒情都幾許：一川煙草，滿城風絮，梅子黃時雨

〈青玉案〉

凌波不過横塘路，但目送、芳塵去。
錦瑟華年誰與度？
月橋花院，瑣窗朱戶，只有春知處。
飛雲冉冉蘅皋暮，彩筆新題斷腸句。
試問閒愁都幾許？
一川煙草，滿城風絮，梅子黃時雨。

（一）

他是狂放不羈的少年，意氣風發時，高歌「推翹勇，矜豪縱。輕蓋擁，聯飛鞚，斗城東。轟飲酒壚，春色浮寒甕，吸海垂虹。閒呼鷹嗾犬，白羽摘雕弓」，他也是溫柔多情的男子，情之所至，淺吟「凌波不過橫塘路，但目送、芳塵去。錦瑟華年誰與度？」

再是剛硬的性格，也有他柔軟的地方，我們不曾知曉，在賀鑄耿介高傲的性格背後，是否有著不同尋常的柔軟之

處，但我們知道，她，一定是他此生最溫柔的時光。縱使佳人不識，縱使她從未到過他的橫塘。

她去了哪裡呢？凌波微步，卻從未踏入我居住的橫塘，只能遠遠地、遠遠地目送她像芳塵一般離去。她這樣的錦瑟年華，又是與誰共度呢？是月下橋邊的花園裡，還是花窗朱門大戶下，大概只有春風知道吧。飄飛的雲彩舒捲自如，城郊日色將暮，我揮起彩筆剛剛寫下斷腸的詩句。若問我的愁情究竟有幾許？就像那一望無垠的煙草，滿城翻飛的柳絮，梅子黃時的綿綿細雨。

情不知所起，一往而深。若說是哪裡動了情，誰也說不清。或許是她輕盈的腳步無意扣動了心弦，或許是婀娜的背影似雲煙一抹遮蔽了雙眼，或許是明媚的雙眸勾動眼波流轉，或許是巧笑倩兮記憶猶新。不清楚是哪一點，讓人傾心，正如這世上總少不了一見傾心的邂逅，遇見了，便不在乎是哪裡讓人傾心，總覺得一切都是好的。一顰一笑，都是完美。

然而落花有情，流水無意，佳人難得。縱使萬般癡情，佳人卻不知我日日在橫塘等待著她，只能這樣心心念念地想著，盼望著，盼望她有一日路過我的橫塘，盼望著她能見到我，也能感受到我的一絲情意。

一日，兩日，三日……日日。佳人沒有來，每日思索著：她過著怎樣的生活呢？在我等待她的那些時光裡，她又是如何消遣的呢？有太多種可能了，尋思不得，內心便有了愁思。是閒愁，也是情愁。來得零零落落，滿滿當當，像一川煙草，像滿城風絮，像梅子黃時雨，瀰漫心間，無法消散。

（二）

如果單單認為這是寫美人，此情可鑑。但在賀鑄筆下，不見得僅僅只是寫美人。屈原〈離騷〉有云，「惟草木之零落兮，恐美人之遲暮」，便是希望自己能在剩餘的時光裡被委以重任，一展宏圖。賀鑄的心情，比之當日屈原，大抵相同。

賀鑄出身於外戚之家，又娶宗室之女，卻因個性倔強，頗得罪了一些人，一直當不了高官。一生沉抑下僚，懷才不遇，只做過些右班殿臣、監軍器庫門、臨城酒稅之類的小官，最後以承儀郎致仕。仕途失意，難免多有人生愁緒。而將政治上的不得志隱曲地表達在詩文裡，是封建文人的慣用手法。結合賀鑄的生平來看，這首詩便也可能有所寄託。

賀鑄為人耿直，不媚權貴，「美人」、「香草」歷來又是高潔之士的象徵，因此，作者也有可能以此自比。居住在香草澤畔的美人清冷孤寂，正是作者懷才不遇的形象寫照。日日在橫塘等待，卻等不來皇上的詔命，委以重任，那鋪天蓋地的愁緒，又如何能言說呢。也只好顧左右而言他，借美人之喻委婉地表達內心的愁思罷了。

（三）

時至今日，人們對這首詞依然抱有不同的理解，然而不管怎麼看，都是好的。徑直把它看作一首情詞，抒寫的是對美好情感的追求和可望而不可即的悵惘，把它看作一首政治抒情詞作，便有了不同的高度，作者借此來遣懷心中仕途不順的鬱悶，也是可以理解的。難能可貴的是，不管從哪個方面理解，我們在讀這首詞時，依然感覺「與我心有戚戚焉」，這也許正是這首詞具有強大生命力的關鍵所在吧。

情不知所起，一往而深。對美人，對皇上，都是如此，而一旦用了真心傾注，便又格外不同了些。你悉心等待的，何時才會來？也許今天會來，也許永遠不會來。大都是沒有定數的事。那麼我的心，又如何沒有漣漪呢？

無計留春住：

淚眼問花花不語，亂紅飛過秋千去

〈蝶戀花．庭院深深深幾許〉

庭院深深深幾許，楊柳堆煙，簾幕無重數。
玉勒雕鞍遊冶處，樓高不見章台路。
雨橫風狂三月暮，門掩黃昏，無計留春住。
淚眼問花花不語，亂紅飛過秋千去。

（一）

庭院深深，深幾許，於提問中含有怨艾之情，本是意境之中的美景，到這裡，卻有些不耐煩了，這庭院，為何要這麼深呢？「堆煙」狀院中之靜，襯人之孤獨寡歡，「楊柳堆煙」，本是寂靜歡喜之景，卻也不免心生寂寥。庭院深深，簾幕重重，孑然一身，行於其間，也便愈加覺得這庭院更深，簾幕更多，閨閣之幽深封閉，不見天日。秦觀〈踏莎行〉「驛寄梅花，魚傳尺素，砌成此恨無重數」，與此同義。一句「無重數」，便知怨念也如簾幕。深深庭院中，簾幕重重後，錦繡青春年華，生於其中，卻如同禁錮，心中怨便愈發多了幾分。

「玉勒雕鞍遊冶處，樓高不見章台路」。此時女子正獨處高樓，目光正透過重重簾幕，堆堆柳煙，向丈夫經常遊冶的地方凝神遠望。華車駿馬如今在哪裡遊冶，被高樓擋住，望不到章台路。情人薄倖，冶遊不歸，又能如何，不過無可奈何嘆息罷了。

暮春三月，風狂雨驟，時近黃昏，掩起門戶，卻沒有辦法把春光留住。淚眼汪汪問花，花卻默默不語，只見散亂的落花飛過秋千去。

韶華空逝，人生易老之痛。春光將逝，年華如水。淚眼問花，又何嘗不是含淚自問。花不語，也非迴避答案，只是內心不願面對這樣殘忍的現實罷了。人與落花同命共苦，此情此狀，無語凝噎。「亂紅飛過秋千去」，不是比語言更清楚地昭示了她面臨的命運嗎？亂紅飛過青春嬉戲之地而飄去、消逝，正是「無可奈何花落去」也。在淚光盈盈之中，花如人，人如花，最後花、人莫辨，同樣難以避免被拋擲遺棄而淪落的命運。

（二）

俞陛雲《唐五代兩宋詞選釋》：此詞簾深樓迥及「亂紅飛過」等句，殆有寄託，不僅送春也。或見《陽春集》。李易安定為六一詞。易安云：「此詞余極愛之。」乃作「庭院深深」數闋，其聲即舊〈臨江仙〉也。

毛先舒《古今詞論》：永叔詞云「淚眼問花花不語，亂紅飛過秋千去」，此可謂層深而渾成。何也？因花而有淚，此一層意也；因淚而問花，此一層意也；花竟不語，此一層意也；不但不語，且又亂落，飛過秋千，此一層意也。人愈傷心，花愈惱人，語愈淺而意愈入，又絕無刻畫費力之跡，謂非層深而渾成耶？

王國維《人間詞話》中說，「一切景語，皆情語也」。深深庭院，人們彷彿看到一顆被禁錮、與世隔絕的心靈。而女主人公的芳年，也將如飄零的花，隨風逝去。她想挽留住春天，但風雨無情，留春不住。於是她感到無奈，只好把感情寄託到命運同她一樣的花上：「淚眼問花花不語，亂紅飛過秋千去。」道是傷春，實為傷己，只是這樣的情緒，不便訴於人前，只能自生自滅罷了。

（三）

若是當年恩愛時，這般春景也是好的，亂紅飛過秋千，也是別有一番意境。只是而今心上人不在身旁，楊柳堆煙，簾幕重重，愈看卻愈覺得難過，心裡有了怨，便生出太多情緒來。

當年春景有人共賞，而今心愛的人卻不知遊冶何方，盼望著，春來春又去，不知君歸處，落花又何時。

這樣的景色還有人留戀嗎？這樣的人還有人留戀嗎？或許人真是如花一般，年華正盛時，如花般嬌豔動人，一定是惹人愛憐的，那時繾綣溫情，脈脈情深，無不讓人懷念。只是容顏終究會老去，時光不會停駐，流水般逝去的，又怎是時光容顏，還有你對我的情意啊。只是不曾想，也曾山盟海誓，如今卻成了空空如許，不曾想，我也會有如花般凋零的時候。

奈何無計留春住，只任亂紅飛秋千。我等的良人，他還不歸來。

心似落花，情似落花，唯有翩翩，飛過秋千。

酒澆風雨又瀟瀟：
流光容易把人抛，紅了櫻桃，綠了芭蕉

〈一剪梅．舟過吳江〉

一片春愁待酒澆。江上舟搖，樓上簾招。
秋娘渡與泰娘橋，風又飄飄，雨又瀟瀟。
何日歸家洗客袍？銀字笙調，心字香燒。
流光容易把人抛，紅了櫻桃，綠了芭蕉。

（一）

春日百花齊放，萬物復甦，本是惹人喜愛，但也是容易多愁善感的季節，南朝梁元帝便有〈春日〉詩：「春愁春自結，春結詎能申。」可見這春愁本是無端自春而發，自也是無從表達的。既然無處消遣，那只能借酒澆了。然而「借酒澆愁愁更愁」，更何況是羈旅之中。

一葉小舟，飄搖無依。岸上酒簾在飄搖，招攬客人。小船經過令

文人騷客遐想不盡的勝景秋娘渡與泰娘橋，卻無心欣賞。眼前是風又飄飄，雨又蕭蕭，這樣的天氣已經持續多日，實在令人煩惱。哪一天才能回家洗客袍，結束客遊勞頓的生活呢？哪一天才能和家人團聚在一起，調弄鑲有銀字的笙，點燃熏爐裡有心字的盤香呢？然而春光容易流逝，使人追趕不上，櫻桃才紅熟，芭蕉又綠了。

流年光景輪轉，春去夏又到，趕不上時光匆匆流逝。然而風也飄飄，雨也蕭蕭。國也飄飄，家也遙遙。思及故時景象，又怎能不傷感呢？既是國已亡，那家，便是愈加飄搖邈遠了。

（二）

作這首詞時，正是南宋消亡之初，蔣捷正漂流太湖一帶，適逢春日，陰雨連綿，心懷愁緒，思鄉同時更感傷國土淪喪，內心惆悵不堪。

一朝天子一朝臣，而今他的國，已變了朝代，朱顏已改；而他的家，在遙遠的地方，不知現可安好。深處一葉扁舟之中，思憶舊日熱鬧繁華，今非昔比，處處都是惹人傷心的景致，處處都是春愁。

平常百姓，所念不過歲月靜好，現世安穩。然而即便是這樣簡單的時光，也是奢侈的。

對於深處亡國之傷的蔣捷來說，便更是如此。先有國，而後有家，國家安泰方能佑護萬家，百姓安居樂業，免受流離之苦，一旦國亡，百姓便陷入巨大的恐慌之中，惶惶不可終日，何況此時的蔣捷隻身一人，漂泊在外，家國兩處，俱是憂思，怎麼能不愁呢？

歲月無情，流年追趕。眼見得時光已催紅了櫻桃，染綠了芭蕉，更是把韶華人生拋在了後頭。遙想當年，不免要生出許多別樣的情愫來。當初有多少熱鬧繁華，今日就有多少寂寥苦楚。少年不知愁滋味，以為這時光似流水般，流不盡這青春年少，流不盡大好光景。即便是年輕氣盛些，韶光辜負了也便辜負了，不以為意。

總以為時日還很長，路途也長，行得慢些，不甚可惜。然而，到了青春不再的時候，才驚覺已錯過太多，想要趕一趕，去拾一拾那舊日的好時光，卻是不能了。念念舊日好時光，舊日時光雖好，卻不易保留，稍縱即逝。

這櫻桃一年年紅，芭蕉一年年綠，紅消翠減，而後又是一年繁盛。草木無情，消長只隨時日，也不管人情緒，只知謝了又發，發了又謝。可是人生不過如此，少年過去，便不復再來，時光逝去，年老便會不期而至。再年輕的臉龐終有被歲月摧殘的一日，再強健的體魄也終有被年日侵蝕的一天。正如，花有重開日，人無再少年。這一切的一切，念起來又如何不令人傷感惆悵呢？

春愁，倒不如說是觸景生情吧。故人思，離人思。既有思慮，必定遺憾。

（三）

唯願早歸家。家中尚有細心等候的妻子，她一定翹首以待，盼望我早日歸來吧。這般山河破碎，也不知家裡是否還安好，唯願早日相見，一洗旅途風塵。想必妻子此刻正在吹奏著銀字笙，屋內香爐裡燃起了心字香，笙管悠悠，青煙裊裊，正待我歸去。

何日可歸家？歸家未可期。可期的，只有這日日不變的飄零，與這江上的風也蕭蕭，雨也飄飄。

何日可歸家？處處離人思。山河破碎，身世飄零，然而似我這樣的人有太多了，故國故人，大多都在這世間飄搖無依。

櫻桃也罷，芭蕉也罷。紅綠都無妨，既然年光留不住，那便珍惜此下吧。

不如早歸家，一解離人思。

嬌襲一身春愁：綠楊芳草幾時休？淚眼愁腸先已斷

〈木蘭花．城上風光鶯語亂〉

城上風光鶯語亂，城下煙波春拍岸。
綠楊芳草幾時休？淚眼愁腸先已斷。
情懷漸覺成衰晚，鸞鏡朱顏驚暗換。
昔年多病厭芳尊，今日芳尊惟恐淺。

（一）

城上春光明媚，鶯啼燕囀，風光無限；城腳下煙波浩渺、春水拍岸。鶯語亂，春景多熱鬧，可惜景色明麗，心卻淒黯。綠楊芳草幾時才會衰敗，淚眼迷濛愁腸先寸斷。春天來臨之後，鳥語花香、春意盎然的景色，都彷彿在攪亂詞人的心緒、牽引出詞人的愁怨。人生得意之際，面對明媚春光，意氣風發，那是一種情景，詞人當年在京城高官厚祿時也曾經領略過。相形之下，人生不得意之際的春色，只能牽引出對往日的回憶與留戀，這也就增加了眼前的痛苦。情急之下，不禁無理地責問「綠楊芳草」何時了結，惱人的春天什麼時候才能過去呢？縱使是這樣的好光景，卻也禁不住煎熬的心緒，若情是苦的，看著什麼樣的景，也是苦的。

人到晚年漸覺出美好情懷在衰消，面對鸞鏡驚看紅顏已暗換。想當年曾因多病害怕舉杯，而如今卻唯恐酒杯不滿。苦愁從何而來？大概是歲月流逝、容顏衰老的緣故吧。每次照鏡，都要驚嘆容顏衰老的速度，可是又如何解脫呢？剩下唯一的解脫方式只是頻頻高舉酒杯，借酒消愁。然而，只恐「舉杯澆愁愁更愁」。還能飲酒，到底是留戀的，對於生，對於功名，對於仕途，這一切，才是愁緒的源頭吧。只是，也都不能拋下，也無法釋懷罷了。

（二）

打平淡中過，再歷平淡，自然不會有多難過，畢竟平淡久了，便也知平淡味真。

打繁華中過，卻歷平淡，人生的跌宕起伏，心中再怎麼都會有些不平吧。

他確實是素來歷過繁華的人。他博學，有文采，詩文兼擅，風格清麗。人品雖不足稱，但雅好文辭，自稱「平生唯好讀書，坐則讀經史，臥則讀小說，上廁則閱小詞，蓋未嘗頃刻釋卷也」。如果只是舞文弄墨，一身才學便好了，然而他卻對仕途有濃厚的興趣，一直以未能當上宰相而遺憾，一生仕宦顯達，晚年又被貶外放，自然心氣不順。人生之路，何其曲折。

此詞是詞人晚年謫遷漢東（今湖北隨州）時所作。胡仔《苕溪漁隱叢話後集》卷三十九引《侍兒小名錄》云：「錢思公（惟演）謫漢東日，撰〈玉樓春〉詞云云，每酒闌歌之則泣下。後閣有白髮姬，乃鄧王（惟演父俶）歌鬟驚鴻也，遽言：『先王將薨，預戒挽鐸中歌〈木蘭花〉（即〈玉樓春〉）引紼為送，今相公亦將亡乎？』果薨於隨州。鄧王舊曲，亦嘗有『帝鄉煙雨鎖春愁，故國山川空淚眼』之句。」

宋仁宗明道二年，垂簾聽政的劉太后死。仁宗隨即親政，並迅速清除劉太后黨羽。錢惟演是劉太后的姻親，自然在劫難逃。九月，他因為擅議宗廟罪而被免除平章事的官職，貶為崇信軍節度使，謫居漢東。不久，其子錢暖被罷官，姻親郭皇后被廢。該詞就寫於這個時期，此時他已自覺政治生命與人生旅途都到了盡頭。只能借悼惜春光抒發他無限的遲暮之悲，抒發政治失意的絕望之情。

（三）

人生或許是存在冥冥之中的。命運的齒輪轉動，雖然沒有定數，卻彷彿冥冥之中，自有定數。而一切都有其中的道理，只是我們不得而知，也無從去猜想。

寫下這首詞後不久，詞人便悵然離世。綠楊芳草幾時休，當時怨恨這春天何時是個頭，而今，卻也不需再多怨念了。沒想到，結束得竟然這般早。如果能回頭，他會後悔嗎？如果知道時日不多，歲月難留，會不會再貪戀這樣的春光一宿。春光就酒，那也當真是極好的。只是今日，也則難留了。

不知他在合上雙眼那一刻，可曾遺憾，還在為一生不曾做宰相而鬱鬱不平嗎？世間功名利祿，到頭來，也不過浮雲罷了，當年費盡心思追逐的，最終看來，似乎不那麼重要了。萬事終成空，人去樓空，又有什麼是可以帶走的？不過虛空。

世事如此，難覓難求，不如自在如風。有詩有酒，也未嘗不是樂事一樁。

卷四

樂觀・青春・烈士壯志意難平

殘花猶盛：

誰道人生無再少？門前流水尚能西

〈浣溪沙．遊蘄水清泉寺〉

遊蘄水清泉寺，寺臨蘭溪，溪水西流。

山下蘭芽短浸溪，
松間沙路淨無泥，
蕭蕭暮雨子規啼。
誰道人生無再少？
門前流水尚能西！
休將白髮唱黃雞。

（一）

這首詞是宋神宗元豐五年（一〇八二）春三月作者遊蘄水清泉寺時所作。蘄水，即今湖北浠水縣，距黃州不遠。《東坡志林》卷一云：「黃州東南三十里為沙湖，亦曰螺師店，予買田其間，因往相田得疾。聞麻橋人龐安常善醫而聾，遂往求療。……疾愈，與之同遊清泉寺。寺在蘄水郭門外里許，有王逸少洗筆泉，水極甘，下臨蘭溪，溪水西流。余作歌云。」這裡所指的歌，就是這首詞。

西元一〇七九年，北宋王朝發生了一件大事：久負盛名的文壇鉅子蘇東坡被捕入獄一〇三天後被貶黃州，受其牽連，二十九位大臣名士遭到懲處：駙馬王詵因事先洩密被削除一切官爵；王鞏被發配西北；蘇轍上本求情而被降職，張方平被罰紅銅三十斤，司馬光、范鎮及蘇軾的十八個其他朋友，都被各罰紅銅二十斤。

這就是震驚當時並著稱後世的「烏台詩案」。

（二）

東坡年紀輕輕就已經名滿天下。剛滿十歲，他就寫出了傳世名篇〈黠鼠賦〉，二十一歲時參加殿試，文壇盟主歐陽修看了東坡的考卷，「竟喜極汗下」，說「老夫當退讓此人，使之出人頭地」。歐陽修是何等人物，此話一出，滿京都立即家喻戶曉。

天子賞識，時人追捧，使得東坡對自己的仕途充滿信心：他渴望「致君堯舜」，渴望有朝一日「會挽雕弓如滿月，西北望，射天狼」。尤其在密州徐州時，他曾多次在文章中闡發《易經》中「天行健，君子以自強不息」的思想，其銳意進取、濟世報國的入世精神十分強勁。捧讀東坡當年的策論，其巧於引喻取譬的文風，精於預事料人的思辨，頗似戰國時期的縱橫遊說之士，大有孟軻文章的雄風。然而少年得志，缺少生活歷練的他，多少也透出一些輕狂：「有筆頭千字，胸中萬卷，致君堯舜，此事何難？」

但是，政治畢竟不是做文章，文章中的豪言壯語，往往禁不起現實生活的輕輕一擊。「贏得兒童語音好，一年強半在城中」，是指責「青苗法」的有名無實；「東海若知明主意，應教斥鹵變桑田」，是反對「農田水利法」，譏刺興修水利；「豈是聞韶解忘味，爾來三月食無鹽」，是譏刺「鹽法」行之太急……總之，自己的詩作都是些「諷刺新法」、「攻擊朝廷」、「怨謗君父」的大毒草。

自承罪狀如此，蘇東坡可謂命懸一線。但是，小人的竊笑尚未閉口，朝廷中就有人挺身而出，為這位才華橫溢的詩人求情。賦閒在家的王安石緊急上書宋神宗：「安有聖世而殺才士乎？」重病在床的曹太后也抱病責備宋神宗。這些台前幕後的好人，對挽救蘇東坡的命運起了決定性的作用。宋神宗遂下令對蘇軾從輕發落，貶為黃州（今湖北省黃岡）團練副使，但不准擅離該地區，並無權簽署公文。這種待遇，其實也就是監視居住。

（三）

謫居黃州，遊蘄水清泉寺，見寺臨蘭溪，溪水西流，心生一些感觸，於是寫下了這首詞。山下小溪潺湲，岸邊的蘭草剛剛萌生嬌嫩的幼芽。松林間的沙路，彷彿經過清泉沖刷，一塵不染，異常潔淨。傍晚細雨瀟瀟，寺外傳來了杜鵑的啼聲。這一派畫意的光景，滌去官場的惡濁，沒有市朝的塵囂。它優美、潔淨、瀟灑，充滿詩的情趣，春的生機。相比那些是非紛爭，勾心鬥角，倒不如與這清幽的景色相伴，寂靜清歡。

「人生長恨水長東」，光陰猶如晝夜不停的流水，匆匆向東奔馳，一去不可復返，青春只有一次，正如古人所說：「花有重開日，人無再少時。」這是不可抗拒的自然規律。然而，在東坡的眼裡，人未始不可以老當益壯。自強不息，往往能煥發出青春的光彩。因此東坡發出令人振奮的議論：「誰道人生無再少？門前流水尚能西！」誰說人老不會再回年少時光呢？你看看，那門前的流水尚能向西奔流呢！所以，不必以白髮之身愁唱黃雞之曲。

誰道人生無再少？縱使今日遭貶謫，然而我壯志未酬，雄心依舊。門前流水尚能西，何況光陰如斯，未來的路還很長。那些自怨自艾的念頭，都隨風而去吧。

吾心不老，時光奈我何？

怒髮衝冠一聲吼：三十功名塵與土，八千里路雲和月

〈滿江紅．寫懷〉

怒髮衝冠，憑欄處、瀟瀟雨歇。
抬望眼，仰天長嘯，壯懷激烈。
三十功名塵與土，八千里路雲和月。
莫等閒、白了少年頭，空悲切。
靖康恥，猶未雪。
臣子恨，何時滅！
駕長車，踏破賀蘭山缺。
壯志飢餐胡虜肉，笑談渴飲匈奴血。
待從頭、收拾舊山河，朝天闕。

（一）

怒髮衝冠！獨自登高憑欄遠眺，驟急的風雨剛剛停歇。此刻心中，又何嘗不是正如剛經歷一場疾風驟雨？

抬頭遠望天空，禁不住仰天長嘯，一片報國之心充滿心懷。三十多年來雖已建立一些功名，卻如同塵土微不足道。最大的夙願，不過是收復山河，恢復故土啊！南北轉戰八千里，經過多少風雨人生。可是這其中滋味，又有誰能理解呢？這些都已經不再重要，好男

兒，要抓緊時間為國建功立業，不要空空將青春消磨，等年老時徒自悲切。

金人何其可恨，殺我人民，奪我土地，燒殺搶掠，無惡不作！靖康之變的恥辱，至今仍然沒有被雪洗。國家臣子的憤恨，何時才能泯滅！不要問我對敵人的仇恨有多深，此刻只想駕著戰車向賀蘭山進攻，將它踏為平地。打仗餓了就吃敵人的肉，談笑渴了就喝敵人的鮮血。待重新收復舊日山河，再帶著捷報向國家報告勝利的消息。

（二）

遙想當年，生在湯陰岳家莊的一名少年，立志報國，練就一身本領，十九歲投效軍中，從此開始了壯懷激烈、金戈鐵馬的戎馬生涯。岳母把「盡忠報國」幾個字刺在岳飛的背上，更是將忠君愛國的思想深深銘刻在他的心中。

忘不了，「三十功名塵與土，八千里路雲和月」，十餘年間，在抗金保國、收復中原的征程上，他率領岳家軍縱橫馳騁，所向披靡，接連獲勝，屢立戰功，收復襄陽六郡，鏖戰洞庭湖，接連取得郾城、潁昌、朱仙鎮大捷；忘不了，岳家軍威震中原，打破金兵的「鐵浮屠」、「拐子馬」，打敗金兀朮，令金兵談之變色，哀嘆「撼山易，撼岳家軍難」！

就在這關鍵的時刻，當時的宰相秦檜，為了和金人議和，一日連下十二道金牌，岳飛悲憤萬分，說「十年之力，廢於一旦」！

然而一腔熱血，滿懷忠誠，卻終被猜忌、誣陷的陰雲所圍繞。在翻手為雲、覆手為雨的宮廷政治漩渦中，「一根筋」式的岳元帥只想早日「直搗黃龍府，與諸君痛飲爾」，報國之路，卻充滿艱險。十二道金字牌下，急令班師回朝。奸邪小人更是不肯作罷，捏造謊言，以「莫須有」的罪名，要將他置於死地。

一心一意想收復中原，迎回二聖，卻不知昏君趙構在一心一意撥著自己的小算盤，津津樂道於「紹興和議」，偏安江南一隅，歌舞昇平，醉生夢死。皇帝居廟堂之高，樂於享受帝位之尊，為了一己私利，不顧淪陷區百姓的死活，不顧其父兄二聖被囚於五國城。

岳飛又怎能想到，他的赤誠報國，屢克金兵，到頭來卻只是趙構與金國講和的一個討價還價的籌碼而已。「十年之功，廢於一旦」，一切化為一身悲壯的嘆息。正如文徵明在詞中所說的那樣：「千古休誇南渡錯，當時只怕中原復。笑區區一檜亦何能？逢其欲。」一語中的，入木三分。

在戰場上，面對千萬敵軍，面不改色，迎刃而上，絕不退縮，何況奸邪小人？然而，可以禁受得住千萬人刀光劍影，卻禁受不起三兩個小人詆毀。君心向背已分明，一己之力不過以卵擊石，在那樣的年代，君威之下，個人的命運又豈是可以選擇的？可惜多年的夙願終究是不能完成了。

鐵蹄蹂躪下的呼喚，滿懷對秀麗江山的眷戀，一聲聲「還我河山」的吶喊，足以使侵略者聞之喪膽；風波亭的無恥誣陷，光天化日之下的千古奇冤，擦亮愛國者的雙眼，揚起反抗侵略的風帆，直搗黃龍與諸君痛飲的夙願，背上鐫刻的「盡忠報國」的諾言，絕代英雄的千古遺憾。三十九載不是人生的終點，西子湖畔訴說生命的無限。

（三）

且憶岳飛，更揾一把英雄淚。將軍逝去，時年三十九歲，正值壯年，又怎能不讓人扼腕嘆息？

八百多年過去了，歷史的天空依然閃耀著英雄之星，人間正氣依然在人們心中馳騁縱橫。只是，他至死都無法看到收復舊河山的光景了，這一生戎馬倥傯，拋頭顱，灑熱血，最終期望的，不過是山河安在，世事祥和。然而，這樣的願景，卻因小人作梗，遲遲無法實現。

那一聲氣吞山河的吶喊彷彿還在耳畔，「駕長車，踏破賀蘭山缺。壯志飢餐胡虜肉，笑談渴飲匈奴血」，他屹立於天地之間，彷彿一尊不朽的雕像，西北望，待從頭，收拾舊山河！

亮煌煌幾頁史書，亂紛紛萬馬逐鹿，雄赳赳一代名將，野茫茫十面埋伏。

山埋伏，水埋伏，將軍末路斷頭顱。

挑燈看劍之夢：了卻君王天下事，贏得生前身後名

〈破陣子．為陳同甫賦壯詞以寄〉

醉裡挑燈看劍，夢回吹角連營。

八百里分麾下炙，五十弦翻塞外聲。

沙場秋點兵。

馬作的盧飛快，弓如霹靂弦驚。

了卻君王天下事，贏得生前身後名。

可憐白髮生。

（一）

望著深邃的天空，遐想猶如湛藍一般悠遠、空曠。遐想微風輕輕地拂拭著緊蹙的眉睫，任憑歲月滄桑似水流失，而心底卻總有聲音迴響在耳畔，總有聲音跌宕在心潮，或抑揚，或軒昂。習慣於在黑夜燭光映照下用戰劍去梳理每一個節奏。在黑夜裡舞劍，聽角聲響起，為部下分牛肉的情景，那種豪放、氣概，是來自戰場的呼喚！

回首往昔，置身於風沙瀰漫的戰

場，戍兵們用堅韌織成一件戰袍披在身上，揚鞭，奮蹄。戰局像沉重的烏雲似乎想把城牆壓垮，敵人一個個倒下，塵土飛揚。而此刻，心中只有仇恨，馬刀刺進敵人的胸口，鮮血迸濺，那一剎那，卻覺得如此暢快。久久鬱積在心田的憤懣，剎那間得以釋放，共患難的戰甲似乎也和它的主人一樣，決心寸土必爭，拚死殺敵，保家衛國。回首往昔，秋風蕭瑟，塞外的黃沙，關山的冷月，奔馳跳躍的戰馬，盡忠報國的戰士，浩瀚的閱兵場面，一直塵封在心裡。也許這才是一直熱切想要擁有的生活吧。萬物消亡，號角聲、衝殺聲令人振奮。

若問為何眷戀戰場？如何說與旁人明白。在這裡有太多的血與淚、生與死。這次，也許注定會倒下，但卻永不後悔。因為戰爭過後，就是永久的和平了！抬頭望去，凝聚在要塞上的血跡好似暮色中的紫霞。黃沙河畔，廝殺不斷，拋開一切膽怯，一切雜念，心中只想殺敵。為報答君王的深恩，高舉寶劍奮戰，誓死保衛祖國！殘陽如血，心已麻木，可是在最深的地方，還有痛。何以痛，頭鬢上已是白髮蒼蒼，叫人如何不傷心？

（二）

他曾是山東大漢，卻為江南遊子，於蛙鼓聲中，稻穀香裡，舉杯獨酌，飲不盡的國仇家恨。他曾以五十人之寡入數萬人之敵營，生擒叛賊張安國，金戈鐵馬，快意平生。他是一塊鐵，時而被鑄成最鋒利的劍，刺向敵人的咽喉；時而被放入火中：扭曲、鍛燒、淬火、錘打……

歷史從不太平，總是讓人把那份樸素的責任心咀嚼得百味叢生，苦不下嚥。一腔熱血，怎敵滿朝苟且偷安之聲？南宋統治者縮進了一個叫臨安的都城裡，若無其事地享受著這臨時的安定，哪裡看得到中原百姓流離失所，背井離鄉；又哪裡看得到在金兵鐵蹄下變得支離破碎的山河？

有人說，辛棄疾不夠灑脫，他在出世與入世的關口也曾躊躇。蘇軾竹杖芒鞋，一蓑煙雨任平生，何等瀟灑！陶潛種豆南山，不為五斗米折腰，何等決絕！他何必為一個不爭氣的南宋朝廷，奮鬥終生呢？但這便是辛棄疾。「了卻君王天下事，贏得生前身後名。」這就是他的人生信仰！不論官場險惡，國勢衰微，他始終挺直腰身，為宋朝、為百姓、為天下而戰！斯人寂寞。然而寂寞是曾經歷風浪後的不甘平靜。

「不恨古人吾不見，恨古人不見吾狂耳。」我不知稼軒是否真的擁有如衛青、霍去病般非凡的領兵才能，也不知他所期望的復國大計何時能夠實現，我只知道這一句看似狂傲戲謔的話語中，蘊含著一種難以言喻的情懷。是將軍的白髮，還是征夫的眼淚？

（三）

馬蹄揚起漫天的黃沙，號角吹落了最後一縷夕陽。大漠孤煙，長河落日：大漠上的景色總是雄奇而壯麗的。稼軒半醉，抽出寶劍，看著一串明亮的燈光在劍身上流動。帳外的勇士歡欣鼓舞，飽餐將軍分給的牛肉。而軍中奏起的戰鬥樂曲，更是像一根火把，在整個營地燃起了熊熊的烈焰。

報君黃金台上意，提攜玉龍為君死。大丈夫自當在國家危難之際，投筆從戎，將報國的忠勇當作行囊。稼軒換上戰袍，平添一份豪氣；策馬奔馳，弓如霹靂弦驚。他仰慕李廣，那個讓匈奴驚魂喪膽的漢飛將軍；他讚頌孫權，那個三分天下雄踞江東的吳國霸主。

只是滄海桑田，英雄已逝。然而劍仍在，在你的心中，在一切愛著一方水土、有著自己尊嚴的人心中，作龍吟之聲。如若再沒有聲聲號角，嗒嗒馬蹄，悠悠羌管，呼呼狂風，再沒有對月暢酒，迎天舞劍，能否還這一世安寧，予以世人。縱半生戎馬，所為，不過如此。

曾經少年俠氣：恨登山臨水，手寄七弦桐，目送歸鴻

〈六州歌頭．少年俠氣〉

少年俠氣，交結五都雄。肝膽洞，毛髮聳。
立談中，死生同。一諾千金重。
推翹勇，矜豪縱。輕蓋擁，聯飛鞚，斗城東。
轟飲酒壚，春色浮寒甕，吸海垂虹。
閒呼鷹嗾犬，白羽摘雕弓，狡穴俄空。樂匆匆。
似黃粱夢，辭丹鳳；明月共，漾孤篷。
官冗從，懷倥偬；落塵籠，簿書叢。
鶡弁如雲眾，供粗用，忽奇功。
笳鼓動，漁陽弄，思悲翁。
不請長纓，系取天驕種，劍吼西風。
恨登山臨水，手寄七弦桐，目送歸鴻。

（一）

「少年俠氣，交結五都雄。」想起青少年時期在京城的任俠生活，不禁令人懷念。那時候結交的少年，是多麼豪氣逼人，義薄雲天。那時候的朋友，他們意氣相投，肝膽相照，三言兩語，即成生死之交；他們正義在胸，在邪惡面前，敢於裂眥聳髮，無所畏懼；他們重義

輕財，一諾千金；他們推崇勇敢，以豪俠縱氣為尚。他們駕輕車，騎駿馬，呼朋喚友，活躍在京城內外。他們隨時豪飲於酒肆，且酒量極大，如長虹吸海。有時，他們武藝高強，攜帶弓箭，「呼鷹嗾犬」，到郊外射獵，各種野獸的巢穴頓時搜捕一空。

那是怎樣快活的歲月啊！然而過去的生活雖快樂，卻過於匆匆，如夢一樣短暫。離開京城到現在，十多年過去了，如今已是中年，自己的境況又如何呢？長期擔任相當漢代冗從的低微官職，為了生存，孤舟漂泊，只有明月相伴。歲月倥偬，卻像落入囚籠的雄鷹，一籌莫展。每天只能做些案頭打雜的粗活，其保家衛國的壯志，建立奇功的才能完全被埋沒了。而且像這樣鬱鬱不得志的下層武官並非詞人一個，「鶡弁如雲眾」。

這一切才真是似黃粱美夢，一場空啊。當年交結豪傑、義薄雲天的少年武士，如今銳氣已日漸消磨。然內心深處仍蘊藏著報國壯志，連身上的佩劍也在西風中發出怒吼！但是，在一派主和的政治環境中，「請長纓，系取天驕種」的心願只能落空。不是「不請」，而是「不能請」，或「請而不用」！又能怎麼辦呢？唯有滿懷悲憤，恨恨地登山臨水，將憂思寄於琴弦，把壯志託付給遠去的鴻雁罷了。

位卑人微，卻始終關心國事。眼看宋王朝政治日益混亂，新黨變法的許多成果毀於一旦；眼看著對外又恢復了歲納銀絹、委屈求和的舊局面，西夏騷擾日重。義憤填膺，又無力上達，想起少年豪氣，早已今非昔比。「登山臨水，手寄七弦桐，目送歸鴻。」心中是濃濃的憂思，心裡是滿滿的血淚。舉一人之力，無法挽救國家政治頹唐之大勢，也不能恢復昔日繁華競逐的盛景，唯有登臨此境，無奈嘆息。

（二）

憶少年俠氣，崢嶸歲月稠。卻道人生難再少，昔日不復還。

每個人都有一段回不去的少年時代，都有那麼意氣風發，欲與天公試比高的時候。初生牛犢不怕虎，初出茅廬，甚至是還不為人賞識的年紀，總是急於證明自己，展示自己。行走於世間，天不怕，地不怕，一無所有，卻又驕傲得彷彿全世界都在囊中，為一己所有。想讓全世界都看到，卻又想忽略全世界的眼光，我行我素。

那是一生中最單純的歲月了，心如一汪清澈的湖水，透明澄淨，沒有任何雜質。與人結交，全憑本心，不考慮利益糾葛，不在乎功名利祿，喜歡的，就是喜歡，一點也不掩飾心中的情感；憎惡的，就是憎惡，刀劍相向也不改其色。一杯酒下肚，掏心掏肺，肝膽相照，不違誓言。呼朋喚友，出遊狩獵，心之所向，但行其事。少年不狂，更待何時？俠義之氣填於胸，行事從容，哪裡有什麼猶豫和躊躇。然而，老之將至，少年狂氣也隨歲月流逝了。

（二）

人生之事，不如意十之八九，仕途之路，也必定沒有一帆風順。幾經坎坷曲折，磨去身上生硬的稜角，狂也散盡。再登高樓，眼裡盡是落寞。

每個人心中都有一個江湖。少年時呼風喚雨，行俠仗義，且以為江湖便是逍遙自如。刀光劍影，呼朋引伴，有酒皆歡。到老來，方知人生處處即江湖。只是這江湖裡有太多的不得已罷了，誰又能在這江湖中隨心所欲呢？少年俠氣，不過黃粱一夢，縱有滿腔報國志，奈何國不知。唯有過著平靜的生活，偶爾回首，做一個俠骨丹心的夢，夢裡有刀劍江湖。

旁觀拍手：

旁觀拍手笑疏狂，疏又何妨，狂又何妨

〈一剪梅〉

束縕宵行十里強，挑得詩囊，拋了衣囊。
天寒路滑馬蹄僵，元是王郎，來送劉郎。
酒酣耳熱說文章，驚倒鄰牆，推倒胡床。
旁觀拍手笑疏狂，疏又何妨，狂又何妨！

（一）

離別，在王勃看來，是「海內存知己，天涯若比鄰」的情意綿綿；在高適看來，是「莫愁前路無知己，天下誰人不識君」的深切鼓勵；在柳永看來，是「執手相看淚眼，竟無語凝噎」的難捨難分；而到了劉克莊的詞裡，卻是「旁觀拍手笑疏狂，疏又何妨，狂又何妨」的豪邁狂放。

這般豪邁狂放，在離別情境中

是極少有的。與君離別意，同是宦遊人。古人聞說離別，便覺一股傷感的氣息撲面而來，讓人止不住想到陰雨綿綿的天氣，想到在涼薄的天氣裡因離別而生的綿綿愁思。

離別的情景大抵相同。詞人筆下的離別，依然是在這樣一個寒冷的雨天。但是心性和境況卻不相同：打著火把走了十多里的夜路，挑的是詩書，卻沒帶衣物行囊。這樣的情況，稍顯狼狽。然而詞人卻似乎並不在意。「挑得詩囊，拋了衣囊」，這樣的書生豪氣，怕是不能多見了。詩囊裡都是心血結晶，又怎肯輕易拋掉呢！

晚上的天氣很寒冷，路又滑，但後面卻傳來急促清脆的馬蹄聲，原來是王郎趕來給我送行。在長亭置酒話別，喝到面紅耳熱，開始評說詩文，卻不曾想，這般肆無忌憚，驚倒了鄰近牆外的人，而此時，我與王郎在爭執時又弄倒了坐著的馬扎，旁觀的人拍手大笑，笑我倆太過疏狂，但我們本來就不是拘於俗禮的人，何況又要分別了，肝膽相照的人在一起酒酣興高，指點江山激揚文字正是我類的本分，別人說我們疏於禮節也好、狂傲不羈也罷，又有什麼關係呢？

（二）

「王郎」便是王實之了。劉克莊曾在〈滿江紅・送王實之〉中稱讚他：「天壤王郎。數人物方今第一。」這是他對舊友的敬重和賞識。王實之秉性剛直，豪氣干雲，人稱子昂、太白。劉克莊也是言談雄豪，剛直無畏。一朝相識，似是故人。在劉克莊奔赴廣東之際，王實之夜半相送情誼之真摯，已然可知。

劉克莊自稱「劉禹錫」，是以銳意改革而屢受打擊的劉禹錫自比。劉禹錫曾因諷刺朝中新貴被貶。劉克莊則因〈落梅〉詩中有「東風謬掌花權柄，卻忌孤高不主張」之句，被人指為「訕謗當國」而被罷官。

在此之前，他已被三次削職。他在〈病後訪梅九絕〉中有一首詩說：「夢得因桃數左遷，長源為柳忤當權。幸然不識桃並柳，卻被梅花累十年！」其憤慨悵然之情，及其清品傲骨，表現得非常清楚，與唐代的詩豪劉禹錫相比，亦覺無愧。此時到廣東做路一級的官，他「不以入嶺為難」，然內心如劉禹錫式的不平之氣，是不會遽然消失的。

所幸，有友人相送。兩個狂士捋袖划拳，乘著酒興指點江山，語驚四座，全無顧忌，鄰座驚傻觀者豎髮，全與我無關。豪氣之舉，不言而喻。兩個狂士在志士受壓、報國無門的時代，將心頭的積鬱化為激烈的言辭、不平常的行動，自然會被稱為「疏狂」。「疏又何妨，狂又何妨！」可謂狂上加狂，雄放恣肆，豪情動人。

有多少人，可以共歡笑，卻無法同悲苦，極盛時，把酒當歌者眾，一朝貶謫，臨別相送者寥。人生得一知己難矣，可以共悲喜，足矣。

（三）

那麼，今當離別，不想做戚戚之感，也不願再多言有多麼憂思難忘，本是不拘禮節之人，這些細節，自然是不必在乎了。

眾人笑我疏狂，疏又何妨，狂又何妨呢?乘著酒興，乘著醉意，乘著離別前最後的相聚，再放縱一回吧，得樂且樂。何況，今日一別，不知再待何時了。知音最難忘，自是舊相識。最難得的是，你也經歷著我的經歷，品嘗著我的心情，即便滿腹抑鬱難紓解，也幸得還有你陪伴。不用理會旁人輕視的目光，這樣的豪情瀟灑，這樣的雄壯激越，只願醉笑陪君三萬場，不願訴離殤。

我始終相信，這世上所有的相遇，都是久別重逢。而世上所有的離別，都是重逢的開始。

漫興隨意：萬一朝家舉力田，舍我其誰也

〈卜算子．千古李將軍〉

千古李將軍，奪得胡兒馬。
李蔡為人在下中，卻是封侯者。
芸草去陳根，筧竹添新瓦。
萬一朝家舉力田，舍我其誰也。

（一）

歷史上，讚頌李廣的詩人不計其數。唐朝詩人王昌齡就在〈出塞〉中寫道：「秦時明月漢時關，萬里長征人未還。但使龍城飛將在，不教胡馬度陰山。」其中「飛將」即指「飛將軍」李廣。〈滕王閣序〉中說「馮唐易老，李廣難封」，也是為飛將軍不能封侯而感慨。

盧綸在〈塞下曲〉中則描寫了一個傳奇故事：「林暗草驚風，將軍夜引

弓。平明尋白羽，沒在石稜中。」故事原出自《史記．李將軍列傳》，說的是有一次李廣見到草叢中的石頭，以為是老虎，於是引弓去射，結果發現是塊石頭，而箭頭已經沒入石塊，再發箭去射，卻再也射不進去了。

詞人辛棄疾自知，短短的一闋詞，不能說盡李將軍其人其事，因此只截取了史傳中最精彩的一個片段。「千古李將軍，奪得胡兒馬。」說的便是漢武帝元光六年，李廣以衛尉為將軍，出雁門擊匈奴的故事。匈奴兵多，廣軍敗被擒。匈奴人見廣傷病，遂於兩馬間設繩網，使廣臥網中。行十餘里，廣佯死，窺見其傍有一胡兒（匈奴少年）騎的是快馬，乃騰躍而上，推墜胡兒，取其弓，鞭馬南馳數十里歸漢。匈奴數百騎追之，廣引弓射殺追騎若干，終於脫險。斯人於敗軍之際尚且神勇如此，當其大捷之時，英武又該如何？司馬遷將此事寫入史傳，可謂善傳英雄之神，「飛將軍」李廣也一時聲名遠播，威震匈奴。

「李蔡為人在下中，卻是封侯者。」《史記》敘李廣事，曾以其堂弟李蔡作為反襯。蔡起初與廣俱事漢文帝。景帝時，蔡積功勞官至郡守。武帝時，官至代國相。元朔五年為輕車將軍，從大將軍衛青擊匈奴右賢王，有功封樂安侯。元狩二年為丞相。他人才平庸，屬於下等裡的中等，名聲遠在廣之下，但卻封列侯，位至三公。

《楚辭．卜居》有言：「蟬翼為重，千鈞為輕；黃鐘毀棄，瓦釜雷鳴。」李廣為人在上上，受傷被俘後還能奪得匈奴的好馬，一生戰功卓著，卻終生不得封侯，李蔡為人在下中，卻是封侯者。這樣的事何其多啊，又豈是只有李廣受了這樣的委屈？

（二）

歷史煙雲散盡，李廣的故事早已塵封在歲月裡，不知還有誰能記掛，但流水是一樣的流水，故事也是一樣的故事。如今只有我在這裡，在這樣閒適的歲月裡漸漸老去。

除去園中雜草要去根，修葺鄉間舊宅要添新瓦，事必躬親。這也許是退居田園生活裡唯一的樂趣了吧。要是朝廷要推舉努力耕田的人，除了我還有誰呢？

滿紙荒唐言，誰解其中味。看似幽默的言語，其中的辛酸苦辣又有誰能真正體會呢？似是言笑，內心大概只有自己明白吧，不過是含淚的微笑，故作輕鬆罷了。

孟子曰：「如欲平治天下，當今之世，舍我其誰也？」雖大言不慚，卻充滿著高度的政治自信心和歷史責任感，說得何等壯觀！而今，我卻只能說，朝家舉力田，舍我其誰。雖不以稼穡為恥，但平生之志，畢竟不在此。

遙想當年投身於耿京所領導的北方抗金義軍，在耿京遇害、義軍瓦解的危難之際，親率數十騎突入駐紮著五萬金兵的大營，生擒叛徒張安國，渡淮南歸，獻俘行在，其勇武勢不在李廣之下；南歸後又獻《十論》、《九議》，屢陳北伐中原的方針大計，其韜略又非李廣元所能及。然而，「古來材大難為用」，怎能不教人扼腕嘆息？

（三）

那一腔豪情熱血，真的就要在這樣庸碌無為的平淡歲月裡沉積了嗎？那些崢嶸歲月，南征北戰的日子，難道真的只能在夢中百轉千迴，無處可尋了嗎？也想重回京師，重整旗鼓，再戰沙場；也想成就一番轟轟烈烈的大事業，旌旗萬夫，揮師北伐，平定中原；也想「了卻君王天下事，贏得生前身後名」，一洗多年被埋沒、被擱置的鬱結之氣。然而，卻什麼也不能。只能想，只能等。

等待，是多麼痛苦的一件事情。它能讓你把無盡的希望投注其中，也能讓這所有的希望在一瞬間崩塌，再無迴旋餘地。就這樣在希望與絕望的邊緣徘徊，一腔報國熱情，也只是憑那一人旨意罷了。除了等待，又還能做些什麼呢？身在田園，心在沙場，身雖在，心已遠。

金鱗豈是池中物，一遇風雲便化龍。我非凡人，喚得風雲待何時？

暮年再現少年狂：會挽雕弓如滿月，西北望，射天狼

〈江城子．密州出獵〉

老夫聊發少年狂。左牽黃，右擎蒼。
錦帽貂裘，千騎捲平岡。
為報傾城隨太守，親射虎，看孫郎。
酒酣胸膽尚開張。鬢微霜。又何妨。
持節雲中，何日遣馮唐？
會挽雕弓如滿月，西北望，射天狼。

（一）

對於東坡其人，林語堂先生曾這樣評價：「我可以說蘇東坡是一個不可救藥的樂天派，一個偉大的人道主義者，一個百姓的朋友，一個大文豪，書法家，創新的畫家，造酒試驗家，一個工程師，一個憎恨清教徒主義的人，一個瑜伽修行者，佛教徒，巨儒政治家，一個皇帝的祕書，酒仙，厚道的法官，一個在政治上唱反調的人，一個月夜徘徊者，一個詩人，一個小丑。但這還不足

以道出蘇東坡的全部，一提到蘇東坡，中國人總是親切而溫暖地會心一笑，這個結論也許最能表現他的特質。蘇東坡比中國其他的詩人更具有多方面天才的豐富感、變化感和幽默感，智慧優異，心靈卻像天真的小孩——這種混合等於耶穌所謂蛇的智慧加上鴿子的溫文。」

的確，古今中外沒有人寫的作品能像蘇東坡的詩文般受到普遍的喜愛，誰也不曾在他那裡感覺到消極、悲觀、厭世的頹唐情緒。即使他曾多次受不白之冤、被流放又蹲大獄，精神上受到過多次折磨和委屈，但他樂觀、向上、自得、從容的達人情懷，像一劑良藥，總能癒合人們在各種情境裡遭遇的傷。

（二）

當作家把自己寫入書中，心中的企望便只剩下一個：願讀者的感受與自己相同。

讀罷此詞，確有一種壯志激昂之感。「老夫聊發少年狂」，「狂」雖是聊發，卻緣自真實。蘇軾外任或謫居時期常常以「疏狂」、「狂」、「老狂」自況。在〈十拍子〉中，曾有「強染霜髭扶翠袖，莫道狂夫不解狂。狂夫老更狂」的慨嘆。蘇軾時年四十，正值盛年，不應言老，卻自稱「老夫」，然而「老夫」雖老矣，鬢髮斑白，又有什麼關係？以「老」襯「狂」，豈不是更顯壯心未已，英雄本色？

左手牽著黃狗，右手擎著獵鷹，頭戴錦繡的帽子，身披貂皮的外衣，一身獵裝，氣宇軒昂，何等威武。「千騎捲平岡」，浩浩蕩蕩的大部隊像疾風一樣，席捲平坦的山岡。出遊的規模，可謂勢如磅礴傾濤，何等雄壯。全城的百姓都來了，來看他們愛戴的太守行獵，萬人空巷。這是怎樣一幅聲勢浩大的行獵圖啊！東坡備受鼓舞，氣沖斗牛，為了報答百姓隨行出獵的厚意，決心親自射殺老虎，讓大家看看孫權當年搏虎的雄姿。

痛痛快快喝了一頓酒，意興正濃，膽氣更壯。想想當年壯心不已，而今卻已兩鬢斑白。然而即使頭髮微白，又有什麼關係呢？朝廷什麼時候才能派人拿著符節來密州赦免我的罪呢？日思夜想，卻又遙不可及。多想等到這一天，那時我定當拉開弓箭，瞄準西北，弓如滿月，把代表西夏的天狼星射下來。

（三）

如果你身處蘇軾的年代，有如蘇軾的遭遇，在這樣宏大的敘事裡，說不定也會生出這許多的豪壯之感來。只是我們沒有東坡的才情，也無法完全身臨其境，體會他心中所思所感。

據說蘇軾對這首痛快淋漓之作頗為自得，在給友人的信中曾寫道：「近卻頗作小詞，雖無柳七郎風味，亦自是一家。呵呵，數日前，獵於郊外，所獲頗多，作得一闋，令東州壯士抵掌頓足而歌之，吹笛擊鼓以為節，頗壯觀也。」

自貶謫以來，這樣熱鬧的場面實在寥寥無幾了，飲樂雖多，但這樣豪邁激烈的狩獵活動，卻不曾有，說來得意，也是意料之中。國力不振，國勢羸弱，時常受到遼國和西夏的侵擾，心中難免義憤難平。想到國事，又不禁想到自己懷才不遇、壯志難酬的處境，藉著出獵的豪興，深隱心中的夙願也便和盤托出了。不禁以西漢魏尚自況，希望朝廷能派遣馮唐一樣的使臣，前來召自己回朝，得到朝廷的信任和重用。

然而，我的馮唐又在哪裡呢？何時，他能帶來皇上的任命，召我回到前朝，繼續那未完成的事業呢？

唯願逆風而上，拉滿弓弦，以射天狼！

卷五

詠史・懷古・悠悠萬世隨潮去

如夢的人生：
大江東去，浪淘盡，千古風流人物

〈念奴嬌．赤壁懷古〉

大江東去，浪淘盡，千古風流人物。
故壘西邊，人道是，三國周郎赤壁。
亂石穿空，驚濤拍岸，捲起千堆雪。
江山如畫，一時多少豪傑。
遙想公瑾當年，小喬初嫁了，雄姿英發。
羽扇綸巾，談笑間，檣櫓灰飛煙滅。
故國神遊，多情應笑我，早生華髮。
人生如夢，一尊還酹江月。

（一）

長江朝東流去，千百年來，所有才華橫溢的英雄豪傑，都被長江滾滾的波浪沖洗掉了。那西邊的舊營壘，人們都說，那是三國時周郎大破曹兵的赤壁。陡峭不平的石壁插入天空，驚人的巨浪拍打著江岸，捲起千堆雪似的層層浪花。祖國的江山啊，那一時期該有多少英雄豪傑！

遙想當年周公瑾，小喬剛剛嫁

了過來，周公瑾姿態雄峻。手裡拿著羽毛扇，頭上戴著青絲帛的頭巾，談笑之間，曹操的無數戰船在濃煙烈火中燒成灰燼。神遊於三國戰場，該笑我太多愁善感了，以致過早地生出白髮。人生就像一場大夢，還是把一杯酒獻給江上的明月，和我同飲共醉吧！

（二）

這一年，蘇軾四十七歲。不但功業未成，反而待罪黃州，同三十歲左右就功成名就的周瑜相比，不禁深自感愧。壯麗江山，英雄業績，激起蘇軾爽邁奮發的感情，也加深了他的內心苦悶和思想矛盾。故從懷古歸到傷己，自嘆「人生如夢」，舉杯同江上清風、山間明月一醉消愁了。這首懷古詞兼有感奮和感傷兩重色彩，但篇末的感傷色彩掩蓋不了全詞的豪邁氣概。詞中所寫，江山形勝，英雄偉業，在蘇軾之前從未成功地出現過。

回憶起當年站在凌雲山巔，陣陣勁風吹起他的長衫，他雙手按住眉骨遠遠望去，只見銅河、府河、雅河，這三條河從遙遠的雪山一路奔來，匯聚在古嘉州東岸的凌雲山下。經佛教聖地青衣別島、小西湖五通橋、歷史古驛道上的犍為郡、兩百里水路一直向宜賓與金沙水拍形成長江東流去，長江波濤滾滾引發了他對歷史的回顧，曾經的歷代英雄人物，都隨著這長江之水逝去了。

「大江東去，浪淘盡、千古風流人物」——細想萬千年來，歷史上出現過多少英雄人物，他們何嘗不煊赫一時，儼然是時代的驕子。誰不讚嘆他們的豪傑風流，誰不仰望他們的姿容風采？然而，「長江後浪推前浪」，隨著時光的不斷流逝，隨著新陳代謝的客觀規律，如今回頭一看，那些「風流人物」當年的業績，好像給長江浪花不斷淘洗，逐步淡漠，逐步褪色，終於變成歷史的陳跡了。

隱約中，彷彿看見那長江西邊的古戰場和一排又一排的布搭營帳，就是歷史上三國時候的大都督周瑜在諸葛孔明先生的幫助下，火燒連營作戰時的赤壁之地。你看那嶙峋、陡峭的石壁如倚天長劍般直刺蒼穹，凶猛的大浪拍擊著江岸，激起一堆堆雪白的浪花。這天、這山、這水、這片火熱的大地和曾經的軍營，多像一幅雄奇的圖畫，在那個特定的時代湧現，會集了多少英雄豪傑。

回想周瑜當年娶喬國公十分秀美的小女兒為妻後，英雄的整個精神面貌發生了很大變化，站如松、坐如鐘、行如風，一副少年得志之勢。假如沒有諸葛孔明先生的智慧，難道周瑜會在一夜的轉瞬之間，將曹營的百萬大軍葬身長江嗎？

極言周瑜之儒雅淡定，但內心感情又是何其複雜。周瑜破曹之時年方三十四歲，而蘇軾寫作此詞時年已四十七歲。孔子曾說：「四十五十而無聞焉，斯亦不足畏也已。」蘇軾從周瑜的年輕有為，聯想到自己的坎坷遭遇，故有「多情應笑我」之句，語似輕淡，意卻沉鬱。但蘇軾畢竟是蘇軾，他不是一介悲悲戚戚的寒儒，而是參破世間寵辱的智者。所以他在察覺到自己的悲哀後，不是像南唐李煜那樣的沉溺苦海，自傷心志，而是把周瑜和自己都放在整個江山歷史之中進行觀照。

當年瀟灑從容、聲名蓋世的周瑜現今又如何呢？不是也被大浪淘盡了嗎？這樣一比，蘇軾便從悲哀中超脫了。

雖然也看到了自己的政治功業無法與周瑜媲美，但上升到整個人類的發展規律和普遍命運，雙方其實也沒有什麼大的差別。有了這樣深沉的思索，遂引出結句「人生如夢，一尊還酹江月」的感慨。正如他在〈西江月〉詞中所說的那樣：「世事一場大夢，人生幾度秋涼。」消極悲觀不是人生的真諦，超脫飛揚才是生命的壯歌。既然人間世事恍如一夢，何妨將樽酒灑在江心明月的倒影之中，脫卻苦悶，從有限中玩味無限，讓精神獲得自由。

家國天下，四海為家，滿腹的治國韜略被無端的小人們葬送，現在又被安排至此，歲月如梭般地走了，滿頭的黑髮漸漸變成花白。要想為國效勞、建功立力，談何容易，空有報國之志，話雖如此仍強烈地認識到人生就像做夢一般，還是倒一杯酒來祭奠為國捐軀的歷史英雄們和這江上的明月吧！

（二）

高山之巔，山腳下江水滔滔不絕，微風使他的衣袂飄飄，並吹拂著他的頭髮，他敞開心胸，向那山、那水抒發他永遠坦蕩的情懷，與那永遠豁達的心境。

誰能不說他是一位豪者？從他那豪放派疏蕩的筆風，與他那為人處世灑脫的性格，豪者一詞便舍他其誰。

成亦豪，敗愈豪；喜亦豪，哀愈豪。唱著「大江東去」的蘇軾，把一片豪情贈予世人。何其瀟灑，何其曠達，吟誦之際，倍感舒適。

你的一生如此波瀾，但你卻像一葉平穩的小舟。這樣灑脫的為人處世，超然物外又重情重義的你，會料想到今日眾人將你歌嗎？

回眸歷史螢光：想當年，金戈鐵馬，氣吞萬里如虎

〈永遇樂．京口北固亭懷古〉

千古江山，英雄無覓，孫仲謀處。
舞榭歌台，風流總被，雨打風吹去。
斜陽草樹，尋常巷陌，人道寄奴曾住。
想當年，金戈鐵馬，氣吞萬里如虎。
元嘉草草，封狼居胥，贏得倉皇北顧。
四十三年，望中猶記，烽火揚州路。
可堪回首，佛狸祠下，一片神鴉社鼓！
憑誰問：廉頗老矣，尚能飯否？

（一）

千古江山依舊，但像孫仲謀那樣識人重賢的英雄，卻再也無處尋覓。那些繁華的舞榭歌台，英雄們的風流韻事，都被無情的風雨吹打而去。那普普通通的街巷，所看到的只是斜陽映照著荒草枯樹，人們說寄奴曾經在這裡居住。遙想當年，他指揮千軍萬馬揮師北伐，氣吞驕虜如同下山的猛虎。

元嘉年間又是多麼輕率，想建

不世之功欲勒銘狼居胥，結果只落得大敗潰逃，不斷地回頭北望敵兵的追逐。如今已經過去四十三年，在北望中，辛棄疾還清楚地記得，當年曾與金兵激戰過的揚州路。真是不堪回顧，金人的統治竟如此牢固。在那佛狸祠堂的前面，神鴉的叫聲雜和著喧鬧的社鼓。有誰還能來問一問：廉頗將軍真衰老了嗎？他的飯量是否依然如故？

（二）

「千古江山」，「千古」是時代感，「江山」是現實感。站在北固亭上瞭望眼前的一片江山，想到的卻是古時曾經統治過這片江山的英雄人物。三國時的吳大帝孫權，有雄心壯志，要一統中原。可現在呢？像孫權那樣的英雄人物也無處尋覓了。非但人無覓處，連他當年的「舞榭歌台」，這些唯一能承載他風流逸事的建築，也都被「雨打風吹」，杳無蹤跡。

想到小名寄奴的劉裕，他在東晉安帝義熙五年及十二年，曾兩次率晉軍北伐，先後滅掉南燕、後秦，收復洛陽、長安，幾乎可以克復中原，可惜後來他野心篡奪晉帝政權，建立自己的宋代政權，放棄了進取中原的計畫，以致淮北各地得而復失。「想當年，金戈鐵馬，氣吞萬里如虎。」可是現在劉裕的遺跡也找不到了。只見「斜陽草樹」之中，尋常百姓的里巷，當地的老輩相傳，這裡便是劉裕當年住過的地方。

英雄人物的盛衰，隨歲月消失。而眼下，卻只是一次次失敗的歷史。宋文帝劉義隆元嘉二十七年命王玄謨率師北伐。當時北方的統治者是鮮卑族的北魏太武帝拓拔燾（小名佛狸）。王玄謨草率出兵，沒有周詳的部署，結果大敗而回。所以他說：元嘉時的北伐，真是冒失出兵，妄想像漢代的霍去病一樣，北伐單于，一直打到狼居胥山，封祭山神，凱旋回師。可是，王玄謨的戰績卻只落得倉皇地逃回京口。

聯繫到自己，又聯繫到當時抗金的形勢，從懷古一轉而為傷今。辛稼軒於宋高宗紹興三十三年（一一六二）來到南方，參加抗金戰爭，到開禧元年登北固亭時，正是四十三年。這時他遙望對江的揚州，還記得四十三年前從北歸南的一路戰鬥情況。「望中猶記，烽火揚州路」，在這四十三年間，辛稼軒壯志未酬，南宋小朝廷也始終未能振作。

收復中原，徒成虛願。於是他有了不堪回首之感。這一感慨，因望見「佛狸祠下，一片神鴉社鼓」而愈加強烈。北魏太武帝在擊敗王玄謨的軍隊之後，一直追到京口對江的瓜步山，在山上建立了行宮。這個行宮到後世便被當地老百姓誤傳為佛狸祠，以為是一座福佑人民的神廟，春秋祭祀，有「神鴉社鼓」的熱鬧。時代已沖洗掉民族恥辱的意義，這使得他愈加悲痛，深恐再過幾十年，南宋小朝廷也即將在歷史上消失。

戰國時趙國的名將廉頗，年紀雖老，精神還很壯健，還能大嚼米飯和豬肉。辛稼軒以廉頗比喻自己，自以為雖然老了，還能參加抗金戰鬥。可是，誰來打聽廉頗還能不能吃飯呢？誰能起用我去帶兵抗金，收復中原呢？

（三）

王國維說：「幼安之佳處，在有性情，在有境界。」深沉強烈的愛國情懷正是辛棄疾「性情」之所在。歸根結柢，他譏評朝權、勉勵友人，都是因為秉持著一顆拳拳愛國之心、雄雄北伐之志，其情殷殷，其志切切。取詞用典，不失當行本色，全在意氣平心之間，千百年後，後人讀來，亦是鏗鏘有聲，親切感人。

豪放中帶著一絲荒涼，能文能武，國之棟梁。想當年金戈鐵馬，氣吞萬里如虎這樣的詩句，千古絕唱。當年那個夢想氣吞萬里如虎的少年，亦是一個孤獨的英雄！

多少次，他的醉眼迷離了刀光劍影；多少次，他的耳畔迴響著清角吹寒；多少次，他的夢鄉是鐵馬冰河；多少次，他的眼前是大漠孤煙……可是他不敢回首，回首之後那情那景只能在燈火闌珊處，只會令他望盡天涯路。一句「憑誰問：廉頗老矣，尚能飯否」飽含著他多少無奈與悲涼，飽含著多少壯志難酬與英雄氣短的苦悶！

然而，即便形勢怎樣急迫，處境怎樣艱險，他依然甘願為南宋盡心竭力，義無反顧。不因為別的，只因為他有一顆熾熱燃燒的碧血丹心，這個男人的熱血與激情已經化成了一股激昂的清泉，沖蕩在歷史的深處。

沒有人願意生活在亂世，但是當今天的人們翻起那已經泛黃的史書時，便會發現，亂世自有亂世的精彩，掩卷之後，也許我們會長坐遐思，或仰望天空，在自己的心靈深處，默默地祭奠那一段段光輝的歲月。

何處望神州？不盡長江滾滾流。天下興亡多少事？金戈鐵馬戰不休。天下誰敵手？贏得功名在身後。驀然回首想風流，非皇非帝非君非諸侯。

秦淮孤月殘照裡：
水天空闊，恨東風、不借世間英物

〈酹江月．驛中言別〉

水天空闊，恨東風、不借世間英物。
蜀鳥吳花殘照裡，忍見荒城頹壁。
銅雀春情，金人秋淚，此恨憑誰雪？
堂堂劍氣，斗牛空認奇傑。
那信江海餘生，南行萬里，屬扁舟齊發。
正為鷗盟留醉眼，細看濤生雲滅。
睨柱吞嬴，回旗走懿，千古衝冠髮。
伴人無寐，秦淮應是孤月。

（一）

江面寬廣，天空高遠，東風啊，你真可恨，為什麼不幫助英雄？他們已經盡了人事呀！夕陽西沉，餘暉映照著，衰敗的殘花，淒啼的杜鵑，荒涼的頹垣敗牆令人無法再看！宋室的嬪妃被元軍俘去，文物寶器也被金人搶占。這奇恥大辱，讓誰來報仇雪恨？奇傑之士空自識得，氣沖斗牛的寶劍，卻只好聽其地下沉埋，而不能發掘出來，用以實現復國的壯志啊。

哪裡會料到，我在投海未死、萬里漂流之後，恰好能和你同舟北行！留得青山在，正是為了和戰友們一同抗戰到底！現在只能耐心等待局勢的變化。藐視敵人，我像藺相如氣吞嬴秦，指揮反攻，我像姜維嚇跑司馬懿。憎恨入侵的敵人，千年來我們都怒髮衝冠！我們今天金陵訣別，患難相依，論心恨晚。如今伴我不寐的，只有秦淮河上的孤月。

（二）

一二七九年，南宋最後的抵抗以文天祥的被俘和張世傑在崖山的全軍覆沒而宣告終結。元朝終於統一了中國。

文天祥被押解北上，路過金陵時，在驛館遇到了因病留下醫治的戰友鄧剡，兩人都為宋的滅亡而深感悲痛，文天祥要繼續被押解北行前，鄧剡就作了一首〈驛中言別〉來寄託離別之情，同時抒發對國家的哀痛。文天祥也作了一首詞來唱和。

鄧剡本來在以張世傑、陸秀夫為代表的反抗勢力中任職，在張世傑兵敗崖山、陸秀夫抱幼帝投海時，他也同當時大多數文官一樣打算投海殉國，但幸運的是，鄧剡卻被元朝的元帥張弘範的部將救起，免於一死。

金陵一別，無異於易水之別。「風蕭蕭兮易水寒，壯士一去兮不復還。」此時此地，此情此景，止不住痛惜英雄失敗，深悲國家覆亡，追憶患難情誼。

鄧剡此時的心境，有失落，有無奈，也有悲傷與沉痛。

「銅雀春情，金人秋淚，此恨憑誰雪」，杜牧曾寫有「東風不與周郎便，銅雀春深鎖二喬」的詩句，這本是一個大膽的歷史假設，現在居然成了現實。宋朝滅亡後嬪妃盡被元軍所擄，國已非國，家不成家，多少後宮女子淪喪異鄉，縱使同情，也是無可奈何啊。「金人秋淚」典出自魏明帝時，曾派人到長安把漢朝建章宮前的銅人搬至洛陽，傳說銅人在被拆卸時流下了眼淚。但宋朝亡國，數被遷移，此恨怎能消？

「堂堂劍氣，斗牛空認奇傑」，寶劍是力量的象徵，奇傑是膽略的化身，所向披靡。可如今，卻空有精氣上沖斗牛的寶劍和文天祥這樣的奇傑了！宋軍還是沒能阻擋元軍的鐵蹄，無法挽回失敗的歷史。然而踏破河山，還有每一位將士的身體，這最後一層防線。「正為鷗盟留醉眼，細看濤生雲滅。」鄧剡前面跳海未死，這次又病而求醫，為的是「留醉眼」，等著看文天祥這樣的志士仁人東山再起，再起復國大業。

「睨柱吞嬴」，當年藺相如在秦王殿上拚死抗暴，今日又何嘗沒有這樣的壯舉，他的好友文天祥，同樣是鐵骨錚錚，大義凜然，令人佩服。「那信江海餘生，南行萬里，屬扁舟齊發」，回顧前半生自己跟隨張世傑、陸秀夫一起在「海上朝廷」漂泊輾轉的戰鬥生涯，然而此時一切皆成過往，自己拚命守護、捍衛的國家，依舊在不能挽回的境地，分崩離析了。「伴人無寐，秦淮應是孤月」，此刻好友分離、各人將形單影隻。我雖然因病不能隨你北上，但將在一個又一個的不眠之夜中為你祈盼。

國破家亡，往事不堪，滿目瘡痍，再遇故人，而命運彷彿開了個很大的玩笑。他們，再不復並肩作戰，而是朝著未可知的方向，開始新的漂泊無依，未來何去何從，命運又將捲入怎樣的風暴裡？沒有人知道。他此時心境，必是何其沉鬱、悲壯、傷感。

文天祥聞此，也和詞一首，回敬友人：

〈酹江月・和友驛中言別〉

乾坤能大，算蛟龍，元不是池中物。風雨牢愁無著處，那更寒蛩四壁。橫槊題詩，登樓作賦，萬事空中雪。江流如此，方來還有英傑。

堪笑一葉飄零，重來淮水，正涼風新發。鏡裡朱顏都變盡，只有丹心難滅。去去龍沙，江山回首，一線青如髮。故人應念，杜鵑枝上殘月。

文天祥的回答卻是豪邁而響亮的。「乾坤能大，算蛟龍，元不是池中物」，即便此刻已然落敗，淪為階下囚徒，但依舊氣度非凡，誓要鬥爭到底的氣魄猶然不改！對自己所受的牢獄之苦一筆代過，卻說起曹操和王粲，「萬事空中雪」，彷彿是在詠嘆：人間世事、英雄業績，都會像空中飛舞的白雪一樣飄然而逝。其實不然。「江流如此，方來還有英傑！」這才是他真正想說的吧，任何失敗與挫折都是不可避免的，但不要放棄繼續鬥爭的希望！比之鄧剡，文天祥所答之詞，更是意境博大、深沉真摯，令人熱血沸騰，當之為千古絕唱！

（三）

有多少鐵骨錚錚、頂天立地的英雄，生死存亡，卻依然謹記國家大義。這樣的離別，是何其悲壯！歷史的車輪碾過歲月的滄桑，磨逝了多少榮華與滄涼。巋然屹立的，是他們不朽的身軀；千古傳誦的，是他們用生命譜寫的絕唱。

再難見到這樣悲壯了吧。昔日崢嶸歲月，比肩並看，今日金陵一別，自知生死相隔，不敢細思量。來時風雨兼程，兩心一願，別後山河破碎，身世浮沉雨打萍。

若能從頭，收拾舊河山，該多好。

風光成往昔：
千古興亡多少事？悠悠。不盡長江滾滾流

〈南鄉子・登京口北固亭有懷〉

何處望神州？滿眼風光北固樓。
千古興亡多少事？悠悠。
不盡長江滾滾流。
年少萬兜鍪，坐斷東南戰未休。
天下英雄誰敵手？曹劉。
生子當如孫仲謀。

（一）

什麼地方可以看見中原呢？在北固樓上，滿眼都是美好的風光。從古到今，有多少國家興亡大事呢？不知道，年代太久了。看著永遠也流不盡的長江水滾滾東流。

想著當年孫權在青年時代，已帶領了千軍萬馬，他能占據東南，堅持抗戰，沒有向敵人低頭和屈服過。天下英雄誰是孫權的敵手呢？只有曹操和劉備而已。這樣也就難怪曹操說：「生子當

如孫仲謀。」

（二）

宋寧宗嘉泰三年（一二〇三）六月，稼軒被起用為知紹興府兼浙東安撫使。次年陽春三月，便改派到鎮江去做知府。鎮江，在歷史上曾是英雄用武和建功立業之地，此時成了與金人對壘的第二道防線。他登臨京口（即鎮江）北固亭，觸景生情，不勝感慨，於是作此詞。

「何處望神州？滿眼風光北固樓。」極目遠眺，中原故土在哪裡呢？哪裡能夠看到，映入眼簾的只有北固樓周遭一片美好的風光了。此時南宋與金以淮河分界，辛棄疾站在長江之濱的北固樓上，翹首遙望江北金兵占領區，大有風景不再、山河變色之感。望神州何處？中原已非己有了！收回遙望的視線，看這北固樓近處的風物：「千古江山，英雄無覓，孫仲謀處。舞榭歌台，風流總被，雨打風吹去。」

想當年，這裡金戈鐵馬，曾演出多少驚天動地的歷史戲劇啊！北固樓的「滿眼風光」，那壯麗的自然山水裡似乎隱隱瀰漫著歷史的煙雲，這不禁引起了詞人千古興亡之感。他問：「千古興亡多少事？」沒有回答。世人們可知道，千年來在這塊土地上經歷了多少朝代的興亡更替？這句問語縱觀千古成敗，意味深長，回味無窮。然而，往事悠悠，英雄往矣，只有這無盡的江水依舊滾滾東流。

「不盡長江滾滾流」，借用杜甫〈登高〉詩句：「無邊落木蕭蕭下，不盡長江滾滾來。」千古多少興亡事，逝者如斯乎？而詞人胸中倒來倒去的不盡愁思和感慨，又何嘗不似這長流不息的江水呢！「大江東去，浪淘盡、千古風流人物」，想當年，在這江防戰略要地，多少英雄「金戈鐵馬」，「氣吞萬里如虎」，三國時代的孫權就是其中最傑出的一位。「年少萬兜鍪，坐斷東南戰未休。」他年紀輕輕就統率千軍萬馬，雄踞東南一隅，奮發自強，戰鬥不息，何等英雄氣概！據歷史記載：孫權十九歲繼父兄之業統治江東，西征黃祖，北拒曹操，獨據一方。赤壁之戰大破曹兵，年方二十七歲。這般不畏強敵，堅決抵抗，並戰而勝之，反觀當朝，文武之輩卻盡是庸碌無能、懦怯苟安。

「天下英雄誰敵手？」若問天下英雄誰配稱他的敵手呢？「曹劉」，唯曹操與劉備耳！《三國志．蜀書．先主傳》中曹操曾對劉備說：「今天下英雄，惟使君（劉備）與操耳。」曹操和劉備如今都是孫權的配角了，天下英雄，只有曹操、劉備才堪與孫權爭勝。傳說曹操有一次與孫權對壘，見吳軍乘著戰船，軍容整肅，孫權儀表堂堂，威風凜凜，乃喟然嘆曰：「生子當如孫仲謀，劉景升（劉表）兒子若豚犬耳！」一世之雄如曹操，對敢於與自己抗衡的強者，投以敬佩的目光，而對於那種不戰而請降的懦夫，如對劉景升兒子劉琮則十分輕視，斥為任人宰割的豬狗。把大好江山拱手奉獻敵人，還要為敵人恥笑辱罵，這不就是歷史上所有屈膝乞和、覥顏事仇的缺乏骨氣之人的共同可悲命運嗎？

曹操一褒一貶的兩種人，形成了極其鮮明、強烈的對照，在南宋搖搖欲墜的政局中，不也有著主戰與主和兩種人嗎？這當然不便明言，只好由讀者自己去聯想。聰明的詞人只做正面文章，對劉景升兒子這個反面角色，便不指名道姓以示眾。然而妙就妙在縱然不予道破，而又能使人感到不言而喻。因為上述曹操這段話眾所周知，雖然辛棄疾只說了前一句讚語，人們馬上就會聯想起後面那句罵人的話，從而使人意識到辛棄疾的潛台詞：可笑當朝主議和的眾多王公大臣，不都是劉景升兒子之類的豬狗嗎？

天下英雄中只有曹操、劉備配稱孫權的對手。連曹操都這樣說，生兒子要像孫權這個樣的呢！真是曲盡其妙，而又意在言外，令人拍案叫絕！「生子當如孫仲謀」，南宋時代人，如此看重孫權，實是那個時代特有的社會心理反映。南宋朝廷實在太委靡庸碌了，在歷史上，孫權能稱雄江東於一時，而南宋經過好幾代皇帝，竟沒有出一個像孫權一樣的人！

南宋王朝妥協腐敗，怎樣傷了這顆憂國憂民的心。君王沉湎於歌舞昇平之中，臣子享樂在醉生夢死之外，他們蜷縮在半壁江山裡，看著被踐踏的大宋國土嬉戲。可是辛棄疾，他再也沒有機會血濺戰袍、以身許國。他的滿腔熱忱與壯志雄心被昏庸的龍公書案掩埋了。他只能寫他含血帶淚的詩詞，把它當作激勵人民鬥志的號角，當作他內心愁苦的傾訴者。

（三）

生命隨年月流去，隨白髮老去，隨著你離去。

這千古的興亡，正好比悠悠東逝的長江水，滾滾流不盡。古往今來，有多少興衰之事，也便如同這長江的水，向東流，不回頭。

大江東去，生命如斯，岸邊激蕩起無數的浪花，淘盡蒼生，古往今來，王侯將相，漁樵耕讀，無不在歷史蒼茫的霧靄中，灰飛煙滅。遙望長空，人生如夢，是非成敗，轉眼闌珊。

那一輪江風明月，藏有多少悲歌，傾注多少清淚。也想臨風舉樽，衣角飄逸，借得一盞浩然之氣，邀月痛飲，怕是只能低聲淺吟，「千古興亡多少事？悠悠。不盡長江滾滾流」。

念故國崢嶸：
六朝舊事隨流水，但寒煙芳草凝綠

〈桂枝香〉

登臨送目，正故國晚秋，天氣初肅。
千里澄江似練，翠峰如簇。
征帆去棹殘陽裡，背西風、酒旗斜矗。
彩舟雲淡，星河鷺起，畫圖難足。
念往昔、繁華競逐，嘆門外樓頭，悲恨相續。
千古憑高對此，漫嗟榮辱。
六朝舊事隨流水，但寒煙芳草凝綠。
至今商女，時時猶唱，後庭遺曲。

（一）

古來有學識、有抱負的文士，一旦登高望遠，便興起了滿懷愁緒，這愁，不是區區個人私情，而常常是日月之遷流，仕途之坎壈，家國之憂患，人生之苦辛……一起湧上心頭，奔赴筆下，遂而寫成了名篇佳作，歷久長新。歷來這類作品數不勝數，而王半山的這一闋〈桂枝香〉，實為個中翹楚。

治平四年（一〇六七），王安石第二次被罷相，出知江寧府，在一派颯爽的晚秋天氣中，他登高望遠，大筆揮灑，寫下這首詞。南朝古都，金陵勝地，時值深秋，天色傍晚，他在此意境之間，臨江覽勝，憑高弔古。雖以登高望遠為題，卻是以故國晚秋為眼目。

登上高樓憑欄極目，金陵的景象正是一派晚秋，天氣剛剛開始蕭索。千里奔流的長江澄沏得好像一條白練，青翠的山峰俊偉峭拔猶如一束束箭鏃。江上的小船張滿了帆迅疾駛向夕陽裡，岸旁迎著西風飄拂的是抖擻的酒旗斜出直矗。彩色繽紛的畫船出沒在淡淡的雲裡，江中洲上的白鷺時而停歇時而飛起，這清麗的景色就是用最美的圖畫也難把它畫足。

回想往昔，奢華淫逸的生活無休止地互相競逐，感嘆「門外韓擒虎，樓頭張麗華」的亡國悲恨接連相續。千古以來憑欄遙望，映入眼簾的景色就是如此，可不要感慨歷史上的得失榮辱。六朝的風雲變化全都消失於流水，只有那郊外的寒冷煙霧和衰萎的野草還凝聚著一片蒼綠。直到如今的商女，還不知亡國的悲恨，時時放聲歌唱〈後庭〉遺曲。

（二）

登高望遠，卻是以故國晚秋為眼目。一個「正」字領起，一個「初」字吟味，一個

「肅」字點醒。筆力遒勁，精神振斂，無限涵詠，皆從此始。如此江山，如何「刻畫」？不過一借描寫六朝謝家名句——「解道『澄江淨如練』，令人長憶謝玄暉」；一出自家隨手拈舉。即一個「似練」，一個「如簇」，形勝已赫然，全是大方家數，蓋在此間容不得半點描眉畫鬢。然後即遺山光而專江色——縱目一望，只見斜陽映照之下，數不清的帆風檣影，交錯於閃閃江波之上。

更一凝睛細審，卻又見西風緊處，那酒肆青旗高高挑起，因風飄拂。帆檣為廣景，為「宏觀」；酒旗為細景，為「微象」；而皆江上水邊之人事也。故詞人之領受，自以購物為導引，而以人事為著落。然而，學文之士，卻莫忘他一個「背」字，一個「矗」字，又是何等神采，何等警策！為文采計，似宜稍稍刷色。於是乃有「彩舟」、「星河」兩句一聯，頓增明麗。筆鋒就此斂住，到底是「畫圖難足」。

如此好景，卻感嘆六朝皆經荒樂而相繼亡覆。其間說到了悲恨榮辱，空貽後人憑弔之資；往事無痕，唯見秋草淒碧，觸目驚心而已。時至今日，六朝已遠，但其遺曲，往往猶似可聞——「商女不知亡國恨，隔江猶唱〈後庭花〉。」此唐賢小杜於「煙籠寒水月籠沙，夜泊秦淮近酒家」時所吟名句也，詞人復加運用，便覺尺幅千里，饒有有餘不盡之情致，而嗟嘆之意，於以彌永。

「至今商女，時時猶唱，後庭遺曲」，靡靡亡國音，拳拳愛國心，寫盡王安石對國家前途的憂慮。南北朝時期，陳國最後一位國君，後主陳叔寶在位時，北朝的隋文帝楊堅任賢納諫，整飭軍備，隨時準備攻占江南富饒之地。而陳後主卻無視隋文帝的勃勃雄心，和貴妃們日夕達旦地飲酒賦詩、徵歌逐色，過著奢侈荒淫的生活。甚至在隋朝大將韓擒虎率軍兵臨城下時，陳後主還在金陵城中與寵妃張麗華尋歡作樂，演奏靡靡之音〈玉樹後庭花〉，杜牧為此寫下詩句「門外韓擒虎，樓頭張麗華」譏諷他們。

如果只是商女不知亡國恨，或許無關大局。然而，現在卻是宋朝的統治者沒有吸取歷史教訓，他們不思改革，麻木不仁，整天宴飲玩樂，豪奢鋪張，這怎能不讓王安石憂心忡忡？他帶著一懷愁緒，在六朝故都登高遠眺，千古得失，時事雲煙，一齊湧上心頭。他情不能已，唱出了這首沉雄悲壯的〈桂枝香〉。

東吳開始，東晉、宋、梁、陳及南唐皆在金陵建都，也亡國於此，李白、劉禹錫、杜牧、韋莊，包括南宋辛棄疾等許多著名文人曾來此懷古憑弔，留下不少精美作品，但王安石的這首〈桂枝香〉立意高遠，筆力遒勁，氣象宏闊，雄渾深沉，被推為絕唱。連蘇軾讀完這首詞，也拍案叫絕。

王安石一生的最大志向並非詩詞文章，而是政治改革。他為人剛正，處事敢於堅持己見，百折不撓，人稱「拗相公」。他身居宰相高位，仍清廉自守。然而他所置身的宋朝，社會危機四伏，階級矛盾、民族矛盾和統治階級內部矛盾交織在一起，國家愈來愈衰弱。在艱難的境地中，他推行變法幾十年，取得一些成績，但是，由於保守派的強烈反對，再加上改革本身的缺陷和用人不當，許多小人成了王安石的親信，舉著改革大旗為非作歹，為己謀利，百姓苦不堪言。王安石眾叛親離，兩次被罷相，最後閒居江寧，過起隱居生活。宋哲宗即位後，此前的新法全部被廢除，王安石痛惜不已，悲憤難當，沒過多久便帶著深深的遺憾離開了人世。

「至今商女，時時猶唱，後庭遺曲」，正如詞人所擔憂的，腐朽保守、不思進取的大宋王朝在亡國之音的樂曲聲中，一步步走向衰亡。

（三）

經歷兩千多年歷史的金陵，經歷了繁華與敗落、奢華與災難的金陵。至今，我們行走其間，還能憶起那時的風、雨、人與事。即使經過戰亂，留下一片廢墟，即使經過無數的變遷，卻還有記憶在告訴我們曾經的歷史，這是一種延續。六朝舊事隨流水，但寒煙芳草凝綠。多少樓台煙雨中，煙雨借繁華，而世事，卻只是隨流水，綿綿無盡期。

依稀盛世難記：相對如說興亡，斜陽裡

〈西河・金陵懷古〉

佳麗地，南朝盛事誰記？
山圍故國繞清江，髻鬟對起。
怒濤寂寞打孤城，風檣遙度天際。
斷崖樹、猶倒倚，莫愁艇子曾繫。
空餘舊跡鬱蒼蒼，霧沉半壘。
夜深月過女牆來，傷心東望淮水。
酒旗戲鼓甚處市？
想依稀、王謝鄰里，燕子不知何世，
入尋常、巷陌人家，相對如說興亡，斜陽裡。

（一）

古之十里秦淮，猶盛於近之上海十里洋場。可以說，秦淮河見證了中國大半部歷史，孕育了南京的古老文化。相傳始皇東巡，望金陵上空紫氣升騰，以為王氣，於是鑿山引河，遂為秦淮。東吳以來，秦淮河兩岸一直是繁華的商業區和居民地。兩晉至今，「六朝金粉」秦淮河幾乎長盛不衰。

然而，如此綺麗的勝地，南朝的繁華有誰還曾記憶？青山圍住古城，城下是大江浪滔滔，青翠的山峰如女子的雙髻相對而起。喧囂的怒濤擊拍著寂寞的城池，帆船馳向遙遠的天際。

枯樹老枝依然倒立般扎根在斷崖峭壁上，昔年莫愁女在此曾繫過遊艇。往事已逝去，空留下些許舊跡，掩映在鬱鬱蔥蔥的樹林之中。霧氣籠罩處，半隱半現的便是那舊日的營壘。夜深時，月光會越過女牆，像是傷心地望著東去的秦淮河。

當年熱鬧繁盛的酒肆戲樓，如今又搬到何處了？想必是與王謝大族的舊居結成鄰里。燕子哪裡曉得當今何世，只在那尋常百姓人家的屋簷下兩兩相對；斜陽中那呢喃燕語，彷彿在敘說這古城的盛衰興亡。

（二）

北宋末年，強虜猖獗，國勢衰微，周邦彥在此時寫下了這首〈金陵懷古〉。周邦彥一生仕途並不順利，幾經擢拔貶謫，常常漂泊一人。這首詞約作於作者任溧水縣令之時，當時溧水縣屬江寧府管轄，來往金陵本為縣令常事。金陵，經歷魏晉時吳國定都於此，東晉的發展，南朝的經營，已成為江南的經濟文化中心，與長安、洛陽並稱三京，其富庶繁榮程度絲毫不在關右隴中之下，甚至猶有過之。

相對如說興亡，歷史的興衰勝敗總讓不同時期不同境遇的文人騷客深深感慨，周邦彥也不外乎如此。當周邦彥帶著他特有的寂寥與感時憂國的心境，走過那曾經輝煌而如今沒落的金陵的時候，美好的詩句猶在耳邊，而世間早已物是人非，關於歷史盛衰興亡和時間無情流逝的永恆話題湧上了他的心頭。

金陵自古以來就是佳麗地，那南朝的盛事還有誰記得？青山圍繞著舊都環繞長江兩岸，對峙的山峰像美人頭上的髻鬟，怒捲的狂濤拍打著空曠的孤城，船兒風帆高懸駛向遙遠天際。「佳麗地」，直指金陵，開篇華貴而繁盛，然而情緒卻急轉直下，那些曾經建都金陵的宋、齊、梁、陳等朝代的盛事繁華，又有誰記得呢？

金陵因山為城，因江為池，形勢險固，但縱然是青山長江、山峰怒濤，也都留不住那逝去的繁華。眼見景物依舊，卻只剩下怒濤拍打孤城，更以天際的風帆給人一種空曠落寞之感。

斷崖上的古老樹木，依然倒掛於絕壁，莫愁姑娘的船兒曾經牽繫在這裡。歷史留下的舊跡都已經蒼蒼灰暗，濃霧埋沒了半邊城的營壘，望去一片蒼青。深夜月亮越過城上的短牆，傷心東望秦淮河的流水。「斷崖樹，猶倒倚」，著一「猶」字，使眼前實景帶上歷史色彩。接著又以莫愁舊典、故城營壘、月下女牆鋪陳出詞人一懷愁緒，景物依然而人事已非的傷感。

往日的酒樓戲館都在哪裡？想那冷落的街巷，或許就是當年豪門貴族的故居。燕子不知現在是何朝代，牠們飛向尋常街巷人家，好像在訴說古都的興亡，相對呢喃細語在斜陽裡。這是何處的繁華市面呢？就連當年貴族住的烏衣巷現在也換了主人。

思及此，不禁因物是人非而產生人世滄桑的感慨，燕子是不知人事變遷的，依然飛進往年棲息過的高門大宅，而今已成為尋常百姓家的居所，夕陽餘暉中成對的燕子，落在周邦彥眼中，卻成了同樣有知有情的歷史見證者，不禁發出「燕子不知何世，入尋常、巷陌人家，相對如說興亡，斜陽裡」的興亡之嘆。

漫步金陵城中，所見之景，點點滴滴湧上心頭，他的腦中突然湧現出一個古老而永恆的話題——生命的有限哪堪面對歷史興亡的洪流。人生是有限的，歷史卻是從不停歇的，曾經的南朝佳麗地，如今卻落寞孤單，那些所有證明曾經輝煌的歷史遺跡，也都斑駁陸離暮靄沉沉，無論是鬧市還是豪門，也都逃不過時間的判決。

最終一輪斜陽，兩隻飛燕，把關於歷史的無限遐思捧給了我們。也許是無意識吧，縱然這種思考是何等的強烈和撞擊人心，但他並沒有給我們任何對生命或歷史的對策，只有一種比解決問題更多的美感——那是一種憂傷，一種寂寞，一種在對歷史的回憶中體會到的重量，難以言狀的淒美。

（三）

面對歷史那千古悠悠歲月，就如同奔流的長河，經久不息。面對千古歷史興衰勝敗，每個人也許都只是匆匆的過客。當多情的詩人面對千古煙波浩蕩，那歷史的長河彷彿奔流著對人生的囑託，於是詞人留下了萬民百世傳唱吟誦的詞句，留下對歷史與人生的真實傳說與懷念。

也許這並不能滿足我們對歷史的回憶，也許他對歷史的理解更不夠理性，但周美成就是文人，不是政治學家、哲學家，甚至也不是歷史學家。他很留戀，卻很無奈；很單純，但很深刻；很懷念，也很失望；很美麗，又很傷痛……承載著中國文人特有的深情與憂傷，在華夏大地上千載不息，眷戀著浩瀚卻無可挽留的歷史，相對如說興亡。

他該是寂寞如雪吧。芳草、斜陽、燕子，在他看來，都是那樣遙遠，那樣熟悉。也許尋尋覓覓之中它們似乎遠去，它們似乎又重來。「酒旗戲鼓甚處市？想依稀、王謝鄰里，燕子不知何世，入尋常、巷陌人家，相對如說興亡，斜陽裡。」總有一道永恆的背景不變，那就是斜陽常照。在那樣的斜陽暮景之中，一切是迷茫的、一切是溫暖的，迷茫如同前塵往事，溫暖如同舊夢歸來。

興廢由人事，山川空地形。千年的滄桑，使一種巨大的美慢慢離去，不能再企及。而金陵，經歷了千年的風雨繁華，淡定從容地站在歷史的山峰上，看滄桑變化，雲捲雲舒。

卷六

悠遊・自在・哲思一縷度人生

莫枉勞心：粗茶淡飯，贏取飽和暖

〈相思會・千年調〉

人無百年人，剛作千年調。待把門關鐵鑄，鬼見失笑。多愁早老。惹盡閒煩惱。我醒也，枉勞心，謾計較。粗衣淡飯，贏取暖和飽。住個宅兒，只要不大不小。常教潔淨，不種閒花草。據見定、樂平生，便是神仙了。

（一）

年幼的時候，看老人手上的十二湘妃竹扇骨，青質冰涼，扇面上書寫的便是「知足常樂」，陳年古墨在宣紙上的渲染，兒童咿咿呀呀地念著，學會了最初的道理。

世間繁華，紅塵紫陌，所知所念良多。朱門酒肉，雕欄玉砌，加官晉爵。這些本身不是價值，卻在很多時候，是自我價值的外在物質體現。與其說是誘惑，不如說是人的貪念。不知滿足，貪得無厭。

其實，我們的先人，似乎很早就明白了這個道理，老子《道德經》有云：五色令人目盲，五音令人耳聾，五味令人口爽，馳騁畋獵令人心發狂，難得之貨令人行妨。是以聖人，為腹不為目，故去彼取此。說的是紛繁的色彩、音樂、味道、財貨容易迷失自己，抱樸守拙，粗衣淡飯，贏取暖和飽即可。

誠如《菜根譚》中所說：神酣，布被窩中，得天地沖和之氣；味足，藜羹飯後，識人生淡泊之真。只是，有人走出這萬丈凡塵，靡靡困境，卻總有人困頓其中，一念成佛，一念成魔。

曹組不是不識愁滋味而強說愁的少年，也非那盼不到富貴而自嘲安於貧賤的酸秀才，雖六次應試而不第，但與其兄曹緯以學識見稱於太學，並於宣和三年殿試中甲，賜同進士出身。雖屢歷挫折，但一朝榮登天子榜，圓了多少讀書人的夢，元寵（曹組字元寵）他鯉躍龍門，富貴更是等身。

曹組，可以說在宋詞壇上名不見經傳。史料記載，他才思敏捷，深得徽宗喜愛，宦途也算順利。其詞，淺薄俚俗，或悱惻豔麗，並不是詞中之佳品。但這首〈相思會〉，淺白而富含哲理，流俗俚語，已經有些元曲詞采的風貌。一句「粗衣淡飯，贏取暖和飽」，不像一般為官者所言，倒似築室松下，脫帽看詩的隱者所言。想必，這是位極為通透豁達之人。何必百年作千年調，何必多愁枉勞，不如安穩歲月，安樂平生。

「粗衣淡飯，贏取暖和飽」，看到這句話，第一個想到的人，便是顏淵，孔子最得意的弟子，謙虛好學，安貧樂道，實踐了孔子「飯疏食飲水，曲肱而枕之，樂亦在其中」的人生態度。一簞食，一瓢飲，在陋巷，人不堪其憂，回也不改其樂。這些人，雖落魄貧困，精神卻極其富足，他們不被外物所困，所需亦是十分簡單，衣，足以蔽體，食，足以果腹，即可。身外十萬紅蓮業火，心內明淨若菩提。

（二）

何如尊酒，日往煙蘿。花覆茆簷，疏雨相過。倒酒既盡，杖藜行過。曠達者，多粗樸。粗衣淡飯，返璞歸真。曹組寫來，似有隱者的態度。

這些人，曾經顯達榮華，在經歷世事變幻後，醍醐灌頂，歸於田園，甘於平實。也許，官場的爾虞我詐，虛與委蛇，在真真假假虛虛實實中過了半輩子，才真切地看清，平平淡淡才是真。鱸魚堪膾，季鷹歸鄉；竹林幽遠，嵇康打鐵；南山有菊，陶潛掛官。淡泊名利，褪去浮華。生活自適其性，貴人不若平民。

其實，在幾百年後，又生出一位才子，桃花林下桃花塢，雲蒸霞蔚，灼灼其華：

桃花塢裡桃花庵，桃花庵下桃花仙。
桃花仙人種桃樹，又摘桃花換酒錢。
酒醒只在花前坐，酒醉還來花下眠。
半醉半醒日復日，花落花開年復年。
但願老死花酒間，不願鞠躬車馬前。
車塵馬足顯者事，酒盞花枝隱士緣。
若將顯者比隱士，一在平地一在天。
若將花酒比車馬，彼何碌碌我何閒。
世人笑我太瘋癲，我笑他人看不穿。
不見五陵豪傑墓，無花無酒鋤作田。

唐寅的一首〈桃花庵歌〉，真真是羨煞旁人哪！伴花而眠，花豔酒香，自在瀟灑。難怪若干年後，後人要杜撰一齣「唐伯虎點秋香」來，把原本清寡的文人逸事鍍上一層玫瑰色。

如果說曹組這首〈相思會〉帶些玩世不恭、知足自在、抱樸見素的處世哲學，那麼〈桃花庵歌〉便是在這個基礎上一種文人自覺自醒的書寫。不同時代，同用一方青玉案，歙硯微潤，抽去其外表，深入內心，大音希聲，大象無形。

（三）

許是看慣了仕途官場的榮寵爭奪與勾心鬥角，許是看到太多的人因愁而早老，許是想到連那雄霸天下的始皇都沒能求得長生未百年而終，許是豔羨那自在無憂的五柳先生悠然採菊於南山，曹組竟於繁華背後悟得真義，不再勞心計較於俗世之事，只想返璞歸真，樂得自在。

縱然有古傳八百年長壽彭祖，然聖賢孔子有云「七十古來稀」，耄耋之年的老者更是少有，何況這百年的長生。那一統天下，何其壯哉、偉哉的始皇即便上下求索兮訪仙煉藥，仍免不了黃土下的長眠，何況我等悠悠眾生，幾人度得了百年坎，幾人做得了千年夢。

縱然是滿箱的金和銀，縱然堆砌了銅牆和鐵壁，生關死劫幾人能免？閒愁有幾何？空堂陋室飢苦寒，待得酒肉穿腸過，一身紫蟒卻又嫌它何其長；脂濃粉香愛煞人，歲月無情卻又嘆那人老珠黃鬢成霜。有的是舊時王謝堂前燕，少的是富貴如意長生夢，寒來暑往，幾度冬秋寒，幾度春夏暖，桃花年年開，人面不復見。

罷！愁多早老，何故讓那煩惱漫生心頭，何苦為他人作嫁衣裳？塵世紛紛不斷，舉世昏沉又如何，今醒悟，拋開紛雜，且不去計較那些許，願生命為之清亮，願世界由此簡單。

莫以心為形役，知足常樂如五柳先生，「不戚戚於貧賤，不汲汲於富貴」，安貧樂道，採菊隱世，麻衣粗布覆體即可，粗茶淡飯果腹即可，短褐穿結簞瓢屢空亦晏如，何況掙得了暖與飽。非那陋室空堂，亦沒有結滿梁的蛛絲兒，不大不小一間宅屋，不作天為被地為席之語，安居而已，安眠而已。

花草有情亦勞心，君不見瀟湘二妃泣竹成斑，子美國破感花泣淚，更有秉燭殷勤夜護花之人，花開則喜，花落則悲，平添無數愁。宅院自可清雅淨爽，有客則迎，杯盞之間話桑麻。知足樂平生，又與神仙何異呢？

詞人的思緒早飛離了繁華的皇城，飛向了他心之所向的桃源——

某個碧天如洗似古往今來無數個平常的日子，在矮小卻並非破舊的普通農家裡，山妻做好了簡單飯菜，用針線縫補著粗布衣裳，看家人吃著素淡也非可口的飯食卻甘之如飴，滿足地微笑。

宅院適宜簡單，恰好不大不小一間，雖非是能夠大庇天下寒士的廣廈，卻也能包容得下所有繁華褪盡後的內心世界，容得下他自在閒步。

縱使塵事紛雜，任它去吧，心內不為外物所動。安貧樂道，知足安穩的歲月悠悠，便是那逍遙快活的神仙了吧。

莫枉勞心，又何須勞心，暖而不寒，飽而不飢，心下無礙，便是那自在清明最好的歲月。

知足心常愜，無求品自高：
人生有味是清歡

〈浣溪沙〉

元豐七年十二月二十四日，從泗州劉倩叔遊南山

細雨斜風作曉寒。淡煙疏柳媚晴灘。
入淮清洛漸漫漫。
雪沫乳花浮午盞，蓼茸蒿筍試春盤。
人間有味是清歡。

（一）

蘇軾，北宋乃至整個中國歷史上的傳奇人物，他才高八斗卻宦途波折，屢遭貶謫卻生性豁達。太多的作品、太多的逸事、太多的讚譽，他已逐步被後世推上神壇。對於這樣一位成就非凡的文學家，我一直心生敬意，林語堂先生的一本《蘇東坡傳》，寫盡了蘇軾，要提筆再來寫這位文動千古的大才子，不過是拾人

牙慧罷了。但是，我依然保持一顆誠摯的心靈，從這首〈浣溪沙〉，走進這位「無可救藥的樂天派」的世界。

蘇軾的〈浣溪沙〉有很多篇，名句頗多，有「誰道人生無再少？門前流水尚能西！休將白髮唱黃雞」、「酒困路長惟欲睡，日高人渴漫思茶，敲門試問野人家」。這首詞是蘇軾從黃州遷往汝州做團練副使，請罷汝州職，遊於泗州時所作。此時的蘇軾，已歷經了青年時代名動京師的追捧讚譽、守孝歸朝的政局變動、烏台詩案的死亡威脅、被貶黃州的寄情山水、重得重用的汝州之行、不幸喪子的哀慟困頓。這樣起起伏伏、悲歡離合的經歷，已經深深淺淺地刻入中年蘇軾心頭了。

余秋雨在〈蘇東坡突圍〉中寫道：黃州，注定要與這位傷痕累累的突圍者進行一次繼往開來的壯麗對話。然而，突圍之後的蘇軾，又會以一種怎樣複雜的心態來回望自己這樣的前半生呢。

這首〈浣溪沙〉，雖是與友人遊覽南山的感懷，卻可見此時詞人的人生況味。元豐七年十二月二十四日，此時，應該已是寒冬臘月。泗州，安徽東北部，長江以北，天氣應該是極為寒冷惡劣，而蘇軾一句「細雨斜風作曉寒」，一筆帶過，似乎不畏寒冷，滿不在乎。真的是不畏寒冷嗎？想想在黃州，極其低迷之時，穿林打葉，亦可「竹杖芒鞋輕勝馬」，這時，即使深冬清晨極寒，亦不過爾爾。

最讓眾文人墨客新奇的這句「雪沫乳花浮午盞，蓼茸蒿筍試春盤」，如此簡單清寡的食物，卻寫得詩意盎然，情趣非常。知足心愜，清蔬炒茶，亦是人間美味。更值得人津津樂道的是，蘇軾不僅善詩文，也愛美食，著名的東坡肉，便是他的首創，此外，無論貶謫到哪裡，他都能找到可喜的果蔬：羅浮山下四時春，盧橘楊梅次第新。日啖荔枝三百顆，不辭長做嶺南人。這樣一個愛生活、性豁達的才子，難怪有窗檽下偷聽讀書的女子，有甘奔波輾轉一路相陪的女子，有一夜傾談青燈古佛的女子。既見君子，云胡不喜？

（二）

「人間有味是清歡」，當看遍世間繁華滄桑，嘗遍人間酸甜苦辣，方知清歡況味。也許揀盡寒枝不肯棲，始終走不出這起起伏伏的宦途生涯，亦能在月色入戶，庭下如積水空明，水中藻荇交橫之時，閒步賞月；亦能東坡處處築蘇堤，為官一方，造福一方；亦能看取道旁石，信是補天遺。清歡人間，不是竹林隱逸，不是南山鋤豆，是經歷滄桑後的堅守，不改初心，簡單明瞭。

這樣一種簡單而超然的生活願景，伴蘇軾一生，卻始終求而不得。宋哲宗即位，司馬光重新拜相，蘇軾再次被起用，不久，因諫其舊黨之過失，又遭打壓陷害。此時處於新舊黨之間困境的蘇軾，左遷杭州、潁州、惠州等地，所到之處，築堤安民。紹聖四年，宦海起伏中已是六十餘歲高齡的蘇軾，再次被貶儋州（海南島），直到宋徽宗即位，天下大赦，這位白髮蒼蒼的老人才得以召回，然北歸途中勞疾而亡。

縱觀蘇軾的一生，是文人貶謫的一生，他走過中國大部分地區，所到之處，竭盡所能，造福百姓。他在出世與入世中選擇積極出世，九死不悔。人間有味是清歡，身為大海扁舟，心似細水長流。蘇軾，真正做到了外化而內不化的境界。

（三）

蘇軾死後，宋高宗追封他為太師，謚號「文忠」，「文忠」二字，當真是極為恰當的，文，以彪炳千古；忠，為不改初心。

多少人仰慕的蘇子，走入神壇的蘇子，無論是詩、詞、文、繪畫、書法，甚至飲食都能被人讚不絕口的蘇子，所思所喜的，不過是那「人間有味是清歡」了。

閒來幾度春秋：釀成千頃稻花香

〈鵲橋仙・己酉山行書所見〉

松岡避暑，茅簷避雨，閒去閒來幾度？
醉扶孤石看飛泉，又卻是，前回醒處。
東家娶婦，西家歸女，燈火門前笑語。
釀成千頃稻花香，夜夜費，一天風露。

他是英雄虎膽、豪放壯烈的抗金勇士，也是筆力雄厚、詞中之龍的詞人之傑，他文武雙全，波瀾壯闊的一生令人稱奇也令人唏噓，滿腔熱忱的忠肝義膽更是令人讚頌稱道。

傳奇始自少年時，弱冠之年的他聽聞金軍南下，便憑藉著驚人的號召力聚集兩千人眾參加起義軍；聽聞叛徒叛變致使義軍潰散後，僅率五十多人突襲幾萬敵眾之營將叛徒生擒，壯聲英慨，名動京師，就連聖上見之亦是「一見三嘆息」。

少年英豪如他，自是從此踏入仕途，進入仕宦生涯。生而有豪情，滿腔的熱血沸騰於胸口，幼安（辛棄疾字幼安）渴望著恢復失地，卻不想厭戰懦弱的南宋朝廷漸漸澆滅他的熱情，更因自己的「剛拙自信」漸不為人所容。早早嗅到了危險不安的氣息，幼安未雨綢繆，於上饒修建園榭，只等那離職後的定居。

雖羨慕笑傲山林的隱逸高人，但這一天對他來說卻來得太早了。盛年之時，卻不得不被迫離開政治舞台，他的君懦弱無能，他的同僚對如此出色的他早已暗中妒忌而致加害，於是受到彈劾的他便只得離開政壇，只可惜了那一腔的熱血，那一個收復河山的夢。

歸隱之際，園榭初成，倒也多少撫慰了幼安那落寞的心。「高處建舍，低處辟田」，幼安依據上饒帶湖的地形地勢親自設計，並將帶湖莊園取名「稼軒」，從此世間多了一位稼軒居士。

故事也便從稼軒居士開始。賦閒之後的他，暑熱之際便於松岡取涼，陰雨之時便在茅簷避雨，便是這上山、下山、晴天、雨天間，來來回回不知多少光陰，竟是多到不可復數。

「古來聖賢皆寂寞，惟有飲者留其名」，許是有感身受於太白遭際，稼軒常常飲酒而致酩酊大醉。每每此時，他總會扶著山石，看那從山間一瀉而下的泉水，痛快淋漓似從天際飛下。醉眼迷離，卻也總是會意識到，這竟是前幾次酒醒之處，如今復醉於此，卻也無可奈何。

隱居生活多得農家趣味，生活的喧鬧有時也別有意味。曾有一日，東家女兒正熱鬧出嫁，卻恰巧遇上了西家女兒歸家省親，兩家各是親朋雲集熱鬧非凡。稼軒充滿趣味地看著這場景，此時村外田野裡的柔風輕露漫天飄灑，彷彿是醞釀製造著稻香千頃，「稻花香裡說豐年」，這豐收似乎就在眼前了！多麼和諧、喜悅的一派鄉村之景啊！稼軒為這一切所陶醉，暫忘了那亡國的痛，暫忘了那壯志難酬的苦。

但真能忘卻嗎？稼軒的隱居生活是否真的如意安詳？不，他總是夢迴，那裡有鐵馬金戈，那裡有「醉裡挑燈看劍」的豪邁，這一切是不能忘卻的，總在夜深時襲上心扉。廉頗尚能飯否啊，他仍是隨時準備著披甲執劍、氣沖雲霄地奮勇殺敵，直至驅除韃虜，恢復河山，到那時，他才能夠安然歸隱，做他的世外高人。不然，今日為何總是酩酊大醉？醉酒皆因愁，殊不知「借酒澆愁愁更愁」，但起碼能夠換得醉酒後的片刻無知無覺，這片刻的時光對於一顆煎熬的內心來說是彌足珍貴的，但稼軒性非嗜酒啊！

待那河山收復，稼軒便不再是醉眼看飛泉、醉眼看嫁娶了，他將微笑著坐於山石間靜聽泉聲，閒步著遇到嫁娶人家前去恭賀，隱於市而非隱於世。

待得河山收復啊，那千頃的稻花將香飄萬家，無須風來便清香四溢，直醉得行人喜笑顏開，直醉得世人愉悅舒暢，無須飲酒便自醉。

但這一刻的稼軒亦是安寧愉悅的，因為暫時跳脫出了自己的愁苦，因為將心暫賦予這一片農家喜景，此刻的他只是那喜悅人群中的一員，在值得慶賀的一天裡，歡喜愉悅地度過這一天，聞著風中飄來的稻花香，無比憧憬地想著豐收的那天景象，想著將稻花釀成芳香四溢酒水的那一天，想著舉國歡慶舉杯共飲的那一天，而那一天，是他夢中憧憬過千萬遍的，也是至死也呼喊著要實現的日子——收復河山！

此刻，且讓稻花慢慢飄香，稼軒居士聞著稻花香暫時平復了內心的傷。

何齊人間事：富貴有餘樂，貧賤不堪憂

〈水調歌頭〉

富貴有餘樂，貧賤不堪憂。
誰知天路幽險，倚伏互相酬。
請看東門黃犬，更聽華亭清唳，千古恨難收。
何似鴟夷子，散髮弄扁舟。鴟夷子，成霸業，有餘謀。
致身千乘卿相，歸把釣魚鉤。
春晝五湖煙浪，秋夜一天雲月，此外盡悠悠。
永棄人間事，吾道付滄州。

朱熹是窮理致知的理學集大成者，是心懷萬民躬身實踐的政治家，是著作等身惠澤後世的大教育家，是「繼往聖將微之緒，啟前賢未發之機，辨諸儒之得失，辟異端之論謬，明天理，證人心」的好老師，思想昭彰，碩果累牘，一代大家。

朱熹字元晦，自幼穎悟，年幼之時便與眾小兒不同，雖幼年喪父，家道中落以至赤貧，卻處貧賤不變其節，繼而未及弱冠便嶄露頭角，在鄉試中脫穎而出，很快便入進士開始了仕途之旅。

他剛直不阿，從政為民，寧可荒政辭職也要使百姓免飢、納糧者有所犒賞，天災之下百姓得以存活；他暗訪民情，為民謀利，郡縣官吏皆為其肅然；他有謀有勇，抗擊外敵之際上書聖上「罷黜合議，任用賢能」，滿腔忠君愛國熱血。

他的出類拔萃卻似招風的大樹般，引來了一眾蠅營狗苟小人的忌憚和妒忌，非議之聲不絕於耳，乃至連明理之學亦被斥為「偽學」，元晦本人被斥「偽師」，追隨者被斥「偽徒」，甚至牽連到與他學識思想有關的人等。

為官五十載，於外做官二十七年，在朝為官僅四十日，家境貧寒如舊，甚至要被接濟為生，卻仍安然處之。即使富貴之時也有可以置身的樂趣所在，貧賤之時更是不需去焦心憂慮，這世間詭譎變幻，福禍相依，否極泰來，自是天道綱常，又何須去憂慮這許多事呢？

元晦起伏變幻的人生正是此般寫照：曾為皇帝所重視欣賞，卻也因佞臣的誣陷而至免職落官，大起大落的人生裡，元晦身處高位之時竭心為民、致力學術，身居低處時自在安然，弘揚學術自得其樂，正是明白這福禍相替的道理。

仕宦之途難測，怕是早也厭倦了吧。想那秦相李斯遭受腰斬之時，仍盼念著牽狗狩獵，卻已是抽身無門；陸機命終之際最留戀的，卻是那最尋常的華亭鶴鳴的美好景象，但只能臨終時唏噓。宦途如海，一入深沉，最終才發覺最想念的竟是最尋常的快樂。元晦深知這似海深的官場裡沒有他要尋的景，不想也做遺恨終身的人。

最羨那散髮弄扁舟的鴟夷子范蠡。這樣的人真是少有啊！生助越王臥薪嚐膽以吞吳，贏得霸業一方，成了千乘卿相。有勇有謀亦有智，經商而致巨富，卻在功成名就後急流勇退，留得生前身後名，抽身而退，泛舟垂釣於江湖之上，自在逍遙樂似神仙，管他人間春夏與秋冬，逍遙做他天地一散人。

春景如畫。待得春日，五湖之上總是蒸騰起層層煙浪，如夢似幻，泛舟於其間，不識人間歲月；秋夜蒼茫。待得秋夜，漫天的雲與月相逐，雲遮月抑或是月走雲，清涼如洗，也便只剩這漫天雲月。除卻這眼中之景，歲月便悠悠晃晃像走到了盡頭，此外諸事不存，諸念不起。此情此景，竟只有鴟夷子范蠡躬身實踐，羨煞旁人。

元晦許是豔羨泛舟湖畔的鴟夷子，許是厭倦了爾虞我詐的官宦生涯，多想像范蠡一般，永久地擺脫世事，只專注於滄州的一方書屋，安心做起學問。

無論是「白鹿洞書院」、「嶽麓書院」還是「武夷精舍」，元晦卻是無有一刻不致心致力於學——他的筆下「理學」開了花結了果，他勸慰人讀書學那「活水」，他叫人不可辜負一寸光陰，他的「學規」成了各大書院的楷模；他精通儒釋道，並將儒學發揚光大，節選出的「四書」成為後世科考的依據。

元晦短暫的官場生涯似乎便是讓他明白，如何的人生才是其心之所向。或許無有范蠡般曠達隨興的生活，但書屋內的一隅更適於「放浪形骸」，范蠡的湖便是元晦的書屋，不僅「垂釣得趣」，更將這「魚兒」與眾人分享，惠及蒼生。

人事難兩全，但可處境不改節。於世間尋得一件可為之嘔血無悔的事業，便能於富貴處不變其志，貧賤時不為事憂，從此自在安穩而富足。

任時光荏苒：黃花白髮相牽挽，付與時人冷眼看

〈鷓鴣天〉

座中有眉山隱客史應之和前韻

黃菊枝頭生曉寒。
人生莫放酒杯乾。
風前橫笛斜吹雨，醉裡簪花倒著冠。
身健，且加餐。
舞裙歌板盡清歡。
黃花白髮相牽挽，付與時人冷眼看。

他是盛極一時的江西詩派開山之祖，集詩人、詞人、書法家的名號於一身，出於蘇東坡門下，名列「蘇門四學士」，其後更與東坡齊名。他的詩奇崛瘦硬不輕俗，他的詞風流跌宕兼豪邁，他的書法尤其草書更臻爐火純青之境，不泥古法龍飛鳳舞為世人所稱讚。

魯直（黃庭堅字魯直）自幼穎悟，少年時更隨以藏書、博學聞名當時的舅父一同至淮南遊學。科考首次受挫，烏台詩後卻泰然自若；再考，一句「渭水

空藏月，傳巖深鎖煙」引得主考官拍案叫絕，博得省試第一，次年更中三甲進士。從此魯直登上仕途，開啟了仕宦之旅。

但這仕宦之旅卻充滿坎坷。初涉仕途，魯直對校吏生涯便充滿了鬱鬱不樂的心情，雖後因考試優等擢升，漸掌得小地實權，卻因政見異同惹禍上身，從此種下了日後貶謫波折的禍根。

皇家龍權交替，魯直便也隨著這交替浮沉官場。皇權在此君，順境時文采昭彰，才有所用；皇權在彼君，逆境時屢遭貶謫，才屈不申。但無論順逆，魯直皆能處之泰然，以詩書為友，自在沉醉於藝術世界之中。被貶涪州、黔州之際，寓居開元寺仍誦書寫字一刻不休，未以貶謫故心生憤懣或心靜不寧，別號涪翁自顯大家風度。

雖遠離是非官禍，是非卻總也避之不及。為免遭受再度迫害，涪翁在僧寺居住期間不得已稱己「身如槁木，心如死灰」，甚至稱所居室為「槁木庵」、「死灰」，如此方才度過幾年尚算安定的日子。

再度起用，歲月不寧，任職不過九天即被罷免，奸臣再度受寵，將迫害罪惡的魔爪伸向文學領域，一眾名士學者文集慘遭焚毀。涪翁自在舊黨之列，在立下「元祐奸黨碑」將舊黨人物一網打盡的灰暗天空下，涪翁這隻短翼的飛鳥是無論如何都難以出逃的。

晚年餘生不得安，屢遭貶謫。貶謫之人為人所輕，租房遷寺皆為官府所難，只得被迫遷至城頭破敗戍樓棲身。貧寒零落內心鬱結，涪翁終是力不能支，最終病喪於宜州貶所。

雖於文壇開得一派新風氣，身世坎坷波折卻奈何，倒不如好友眉山隱客活得瀟灑自如。身不由己心卻相隨，他這位自稱山谷道人、又不融於官場的士人與眉山隱客頗為相得，把酒對飲相得甚歡。

重陽佳節，黃菊開滿枝頭，天氣微涼，如此佳節美景怎可少得與好友把酒言歡的快意。酒中自有天地闊，千觴不盡閒愁開。山谷道人與眉山隱客對酌相飲，看充滿涼意的天氣下怒放的黃菊，微醺的視角下彷彿更加豔麗，此情此景，怎可停下對飲使得酒杯空乾呢？酒醉不知愁，人生便該是這不知愁的快意啊！

酒酣之際，渾然忘我，自是放浪形骸任做逍遙之事。風雨奈何它，我自橫笛一曲奏他個天地遼闊、萬事太平；山花多浪漫，簪花髮間效他個嫵媚娘子；帽兒正反又何妨，我今倒著照樣個瀟灑人間。

趁著身體康健，餐飯多加，聽歌賞舞盡情享受目下的歡樂，人生得意與否又何妨我及時行樂，孰人得知明日有怎樣的挫折打擊，便趁著身康體健、好友在側盡情嬉樂，在醒時同盡歡樂，醉後便又要各自分散了。

待得鶴髮，又是一個重陽開滿黃花的日子，便與那經霜歷久仍昂揚的黃花一起，冷眼看這世上的紛擾囂雜，保持自己的高潔品質，絕不與那些腐敗骯髒的群體同流合污，即便不得世人諒解，於己亦是無礙，寧守節操為時人所側目。

經歷過諸多政治風雨的山谷道人，只得棲居於自己清白無染的精神世界，在這方土地，起碼能有片刻的安寧，能有恣肆歡樂的節奏，能奏出放浪形骸的自由音符，能夠做一個自在無礙的綺夢。

因不得故有所待，故有風雨橫笛、插花倒著帽的無礙期待，但正是在這份期待裡，藏有一顆受壓抑而鬱結憤懣的心，使得這顆心既不能發聲於宦途，那便寄情於狂歡，將無盡的心酸苦痛付與不空的杯盞，讓製造綺夢、澆滅哀愁的杜康撫慰這顆飽經滄桑的赤子心。

而最為難得的是，他酒醒，仍記得白髮時如黃菊般的清高不染姿態，不變其節，任憑世人譏謾評說。

卷七

她去・悼亡・陰陽兩世訴衷情

月影彷徨憶亡妻：料得年年腸斷處，明月夜，短松岡

〈江城子・乙卯正月二十日夜記夢〉

十年生死兩茫茫，不思量，自難忘。

千里孤墳，無處話淒涼。

縱使相逢應不識，塵滿面，鬢如霜。

夜來幽夢忽還鄉，小軒窗，正梳妝。

相顧無言，惟有淚千行。

料得年年腸斷處，明月夜，短松岡。

說到東坡詞，腦海中馬上就浮現「大江東去」的古今豪情，又或是「西北望，射天狼」的壯志滿懷。作為豪放派詞風的開創者和代表人物，蘇軾的作品率意恣肆如汪洋浩瀚，豪邁灑脫自是鮮有人能望其項背。毋無咎說蘇軾之詞「短於情」。然而翻開蘇詞，卻不乏柔婉動人的詞句，尤其這首在詞史上有重要地位的〈江城子〉，一字一句間刻畫的恰是一個深情的詞人。

這首〈江城子〉是蘇軾悼念亡妻王

弗的。王弗，四川眉山人，十六歲出閣，嫁給當時十九歲的蘇軾。王弗賢慧聰穎，雅擅詩書，又侍雙親甚孝。婚後蘇軾讀書時王弗就在一旁伴讀提醒他忘掉的詞句，蘇軾待客時王弗就在屏風後幫他識人把關，始終陪伴在他身邊。二人少年夫妻，年齡相當且志趣相投，自然琴瑟相合、恩愛有加。本該是一段舉案齊眉、與子偕老的佳話，然而天不遂人願，相伴十一年後年僅二十七歲的王弗病逝，只留下蘇軾和年幼的兒子蘇邁。痛失愛妻的蘇軾寫下〈亡妻王氏墓誌銘〉來悼念王弗，文章簡潔，而心中的哀戚則無可為外人道。

真正的深情是至死不渝的，卻殊為難得。所謂人死燈滅，活著的人往往在一瞬的悲傷後，便轉身投入紛繁多彩的新生活再不回顧，「此間樂，不思蜀」，一個國家覆亡的悲愁都可以被輕易忘卻，何況一個人呢？我想這大概是〈江城子〉打動人心的另一個原因吧。「十年生死兩茫茫，不思量，自難忘。」生死讓我們已經分離十年了，我也有了新的生活，但想起你時，心中仍然不勝悲。「不思量」聽起來有些無情，並不怎麼想你，但是緊接著「自難忘」則把心中深深的悲哀揭示了出來：我沒有刻意地要想你，我只是忘不了你。

「千里孤墳，無處話淒涼」，王弗葬在眉山，而蘇軾當時在密州任上，相距甚遠。隔著重山又隔著生死，這一番淒涼意，無處訴說。即使我們真的能夠再次遇見又能怎樣呢？這麼多年過去了，我已經滄桑那麼多，怕是你都認不得了吧。

在十年別後的一個夜晚，蘇軾想起當年伴隨左右的妻子，心中唏噓無限。日有所想，夜有所夢。在那個夜晚，他又回到千里之外的故地，在夢裡與心心念念的人重又相逢。「小軒窗，正梳妝」，眼前不是什麼特別的記憶，只是臨窗梳妝這樣一幕尋常的場景。但是這平常裡更透著沉痛：那日日見慣的樣子，如今回想起來也只能是惘然了。那梳妝的人抬起頭來，兩相對望，無語淚流。這個時候心中應該是有千言萬語的吧，卻一句也講不出來。這相逢太珍貴，多說一句話都是耽擱；這相逢又太悲傷，看你的每一眼都是離愁。在這種淒怨彷徨的複雜心情中，兩人久久地凝視對方。然而好夢難留，醒來後呢？醒來後只有回憶著夢中的場景，月夜裡書一闋斷腸詞。

詞題為記夢，卻是先有回憶而後有夢，可見對方是日夜思念著的。自烏台詩案起，東坡一生累經起落浮沉，有過畏懼有過彷徨，最終變得灑脫豪邁，可以「一蓑煙雨任平生」。然而無論他看待世間萬物的心境如何變化，終其一生他都是一個深情的人，在這首悼念亡妻的〈江城子〉中可以清晰地印證這一點。

無言羞見舊時月：願月常圓，休要暫時缺

〈醉落魄・預賞景龍門追悼明節皇后〉

無言哽噎。看燈記得年時節。
行行指月行行說。
願月常圓，休要暫時缺。
今年華市燈羅列。
好燈爭奈人心別。
人前不敢分明說。
不忍抬頭，羞見舊時月。

說到宋徽宗趙佶，我們難免要想到「靖康恥，猶未雪」這樣憤恨不平的句子。的確，作為掌握著一個國家生殺大權、命運走向的君王，宋徽宗活得著實窩囊又失敗。好好的一個繁華帝國，在他們父子兄弟的昏聵下被鐵蹄踏碎江山，徒惹人嘆。但宋徽宗在歷史的長河中又不只一個昏君那麼簡單。在被擄到北方以前，汴梁城裡那個叫趙佶的青年雅擅書畫，風流多情，不是一個好君主，卻是一個好的文人雅士。

都說天子家無情。皇室的恩怨情仇即使是在史書的簡略紀錄裡匆匆一瞥，也能看到步步為營的勾心鬥角。然而徽宗朝卻有一個人除外——明節皇后。明節皇后姓劉，出身低微卻乖巧聰慧，在深宮裡深受歡迎愛戴，也深受徽宗寵愛。然而天不與人壽，她早早病逝了。宋徽宗在她死後追封她為明節皇后。明節皇后去世一年後的元宵節，徽宗出門看燈，寫下這首〈醉落魄〉來悼念她。

元月裡春節、元宵諸節，本都是闔家團圓的時候。尤其元夕夜，家家戶戶攜妻帶子出門看燈，蔚為大觀。又是月圓夜，一家人看燈賞月自然其樂無窮。詞人此刻的心情卻是「無言哽噎」，與這一派和樂景象格格不入，大有「熱鬧是他們的，我什麼也沒有」的孤寂。因為看著與去年一樣繁華的燈市，看著並肩而行的人們，就想起了往事。去年的這個時候還是兩個人一同漫步在街巷，現在卻剩下他形單影隻。如此自然沒有賞燈的心情，儘管燈市繁華依舊，人心裡卻是哀愁的別意。

無心賞燈那就抬頭看月吧。詩人望一望天上一輪孤月，嘆息著自己實現不了的願望：「願月常圓，休要暫時缺。」但誰都知道月不常圓，人難常聚，世事總是無常，要月亮「休要缺」是無理的，雖則無理卻是有情。再看那月亮，卻想起了去年的月亮；看到熱鬧的人群，就想起了去年的人。但月亮還是去年那個月亮的模樣，去年與自己一起並肩而行的人卻不在了。你心中驚濤駭浪，而世界一無所知。自己的孤獨在周圍愉快的氣氛下無法與人言說。這古今一同的月亮仍照耀著世人，看起來卻格外殘忍，以至於叫人不忍見。

其實皇帝賞燈，身邊是少不了人的。但徽宗此時的哀悼之心也是情真意切。身邊簇擁著千千萬萬的人，也代替不了那個自己惦念的人。詞中真情動人，又分明與其皇帝的身分脫節。讀著詞裡這些纏綿悱惻的情思，在街燈路巷下等待的輾轉心緒，我們看到的只是一個因失去愛人而難過的男子，而不是高高在上的君王。

想起「靖康之亂，二帝北擄」的悲劇。所謂「宋徽宗諸事皆能，獨不能為君耳」！連這首悼念愛人的詩都被後人說是詩中有讖，其實一首詞哪裡有那麼大的本事。為帝王者就要有殺伐決斷的能力，太多情的人注定做不了好皇帝。徽宗的悲劇命運是其性格使然。有這樣的一個君王，自是一個國家的不幸和恥辱。然而身居高位還能如此深情繾綣地懷念一個女子，有這樣的夫家，倒可謂是明節皇后人生中最大的幸事了。

生死難隔依依：梧桐半死清霜後，白頭鴛鴦失伴飛

〈鷓鴣天〉

重過閶門萬事非，同來何事不同歸。
梧桐半死清霜後，白頭鴛鴦失伴飛。
原上草，露初晞。
舊棲新壟兩依依。
空床臥聽南窗雨，誰復挑燈夜補衣。

這首〈鷓鴣天〉是賀鑄最負盛名的作品之一。賀鑄的遭際與辛棄疾有些類似之處：武將出身，卻逢朝廷積弱，有心殺敵報國，怎奈英雄無用武之地，只好用寫詩酬詞來一澆胸中塊壘。他生性豪邁曠達，卻又能細緻深情，豪邁時能作「少年俠氣，交結五都雄。肝膽洞，毛髮聳」；柔婉處能為「試問閑愁都幾許？一川煙草，滿城風絮，梅子黃時雨」。陳廷焯說「方回詞，兒女、英雄兼而有之」，此言不虛。

宋朝重文輕武，賀鑄平生又耿介豪俠、不拘小節，難免不受權貴喜歡，一生鬱鬱不能得志。幸而夫人趙氏賢德，貧賤不移，始終相伴左右。妻子是賀鑄生命中最重要的一個人，二人患難與共，相濡以沫，感情很深。因此當夫人病逝，自己獨留在這寒冷人間的時候，詩人心中滿是沉痛。

詞開口便直寫心中所思。詞人故地重遊，只覺「重過閶門萬事非，同來何事不同歸」。一切都已經不一樣了，最不一樣的就是當初是一起來的，現在只剩下詩人獨對舊景。「何事不同歸？」這是一句淒厲的質問，問得極為無理，卻又振聾發聵，將自己的深情與苦痛一下子迸發出來。下一句講梧桐半死，鴛鴦失伴，清楚地告訴我們：是生死讓他們分開。賀鑄雖是武人卻好讀書，所用意象常能化用前人名句而無斧鑿痕。這兩句看似只是描述所見，卻極有深意。〈七發〉裡講「龍門之桐，其根半死半生，斫以為琴，音為天下至悲」。此刻正是用這半死桐為詩人發聲，表達他心內莫可言說的深哀巨痛。鴛鴦是象徵白頭偕老的吉祥物，「鴛鴦兩頭白」，如今自己漸老，華髮漸生，卻沒了那個陪自己一起變老的人，可見作者孤獨的心境。

上闋講自己重過閶門的所見所思，著重表現自己喪妻後的孑然樣子，句句都浸透著哀戚與沉痛。下闋則開始懷念妻子。「原上草，露初晞。」古樂府裡講，薤露易晞，比喻生命的脆弱如同草葉上那一枚露珠一樣，「露晞明朝更復落，人死一去何時歸？」這一去便是永遠的不同歸了。舊日的居所就那樣緊挨著你的新墳，看來觸目驚心。

「舊棲、新壟、空床、聽雨」，眼前淒涼氛圍一點點變得濃厚，心中的痛苦深情也愈發濃烈。雨水淅淅瀝瀝地落下來，詞人獨坐床邊，無限的回憶湧上心頭。在淒冷的雨夜裡，朦朧的燈影中，妻子為他燈下補衣的場景躍然眼前。再平常不過的一幕場景，卻表現了妻子的賢慧、勤勞與恩愛，所有的深情都在這補衣的動作中。往往後來最令人難忘的，恰恰是最細微的小事。所謂「當時只道是尋常」，尋常是因為司空見慣，習以為常。詞人似乎在問，當時誰料得到，這樣隨意的日常有朝一日會成為不可能的奢侈呢？「誰復挑燈夜補衣？」再也不會有誰了。平淡的一句問話，卻叫人忍不住潸然淚下，哀婉淒絕，感慨萬千。

這首詞最動人處在於直賦其事，不加任何過多修飾。詞寫得很節制，用平靜的筆觸寫下自己由景思人的追懷，沒有聲嘶力竭的吶喊，沒有憤怒不已的咆哮。然而正是這種節制的筆觸和字裡行間流露出哀痛的比對，詞人蘊藏於內心深處的深情才愈發動人，彷彿於無聲處在讀者的心中炸開了悲傷的驚雷。

斜陽畫角哀：傷心橋下春波綠，曾是驚鴻照影來

〈沈園二首〉

城上斜陽畫角哀，沈園非復舊池台。

傷心橋下春波綠，曾是驚鴻照影來。

夢斷香消四十年，沈園柳老不吹綿。

此身行作稽山土，猶弔遺蹤一泫然。

多年後，陸游重遊沈園，此時的他已是個蒼顏白髮的老翁，而當初那個強笑著舉杯敬酒的唐琬早已故去多年。幾十年的光陰匆匆，還有什麼放不下，還有什麼可說的呢？但，還是要說。因為曾經情深，不能相忘。

自潘岳〈悼亡〉以來，許多詩人都曾寫下詩詞悼念陪在身邊曾舉案齊眉的那人。到了陸游這裡，卻稍有些不同。況且嚴格來說，陸游悼念的並不是自己的亡妻，而是別人的亡妻，於他，那只

是前妻。沈園二首詩題在寫沈園，寫的是故地重遊，是寫景順帶懷人。雖然主要目的是懷人，但沈園本身也是引人注目的。要知道沈園之於陸游的意義，首先就要講講那首〈釵頭鳳〉裡的恩恩怨怨。

事情大家都是知道的。唐琬與陸游青梅竹馬，喜結連理，是一對恩愛夫妻。然而唐琬不受婆婆待見。在苦苦相逼的母親與嬌弱溫和妻子之間，孝子陸游選擇了成全前者的意願。一紙休書寫下，他們本該從此就沒了瓜葛。

沈園是個有名的園子，每年都有許多人去那裡遊春賞景。那年那天的沈園，大約天氣格外好，風景格外美妙。又或者只是冥冥中有所注定，陸游與唐琬在那裡重逢了。那已經是二人別後兩年，嫁作他人婦的唐琬給陸游敬了一杯酒。於是有了陸游那首聞名遐邇的〈釵頭鳳〉。陸游這首詞，雖是深情，但裡面多少有些怨懟之感，「山盟雖在，錦書難托。莫、莫、莫」，不覺讓人想起「蒲葦一時韌，便作旦夕間」之語，雖然語氣沒那麼強烈，但終究有些埋怨對方改嫁以致「山盟海誓」無落處。唐琬回去後也寫了一首〈釵頭鳳〉作為回應，並在不久後身染沉痾病故了。

陸游再一次回到沈園才看到唐琬的和詞，而唐琬已香消玉殞。沈園一別，竟是永訣。這大約是陸游沒有想到的。趙家對唐琬理應是不錯的，否則不會容許她向舊人敬酒，而唐琬的心都在陸游那裡，才會終日以淚洗面鬱鬱而終。看著對方句句深情又沉痛的詞句，當初的責怪顯得那麼不應該，詩人應該是有些悔恨。沈園既是二人最後訣別的地方，又是他看到她表明心跡的地方。沈園記載了他們的故事，故而陸游一生漂泊天涯，卻不時回到沈園看看。

大約是最後一次回沈園的時候，他已經七十多歲了。幾十年過去，戰亂紛呈，沈園也不像當年那樣光鮮，懷念著故國故人故去的時光，詩人寫下了〈沈園二首〉悼念那個被他捐棄卻始終對他一往情深的女子。「傷心橋下春波綠，曾是驚鴻照影來」，驚鴻用了洛神的典故，看著這一灣碧水，差點以為那人又來了。在我心中你同那洛神是一樣美的，就在這裡，你曾笑著敬我一杯酒，「紅酥手，黃滕酒，滿城春色宮牆柳」。而那時我沒有讀透你眼裡的哀愁。沈園如今只有那柳樹依舊，不識愁的飛絮飄著，四十多年過去了，詩人自己也是黃土掩了半身的人，卻不免「此身行作稽山土，猶弔遺蹤一泫然」，這泫然淚下裡，大約有愛，有憾，有悔，有半生的悵然。

陸游與唐琬的相知不能相守，當是文學史上最為哀婉的故事之一。一曲〈釵頭鳳〉，無限心頭恨。〈沈園二首〉裡看到詩人無限的情思和對唐琬誠摯的悼念與追懷。終究，是他負了她，然而我們卻很難去聲討他，畢竟他一生除了家國，到底對她最念念不忘。

春寬恨夢窄：

傷心千里江南，怨曲重招，斷魂在否

〈鶯啼序．春晚感懷〉

殘寒正欺病酒，掩沉香繡戶。燕來晚、飛入西城，似說春事遲暮。畫船載、清明過卻，晴煙冉冉吳宮樹。念羈情、遊蕩隨風，化為輕絮。十載西湖，傍柳繫馬，趁嬌塵軟霧。溯紅漸招入仙溪，錦兒偷寄幽素。倚銀屏、春寬夢窄，斷紅濕歌紈金縷。暝堤空，輕把斜陽，總還鷗鷺。幽蘭漸老，杜若還生，水鄉尚寄旅。別後訪六橋無信，事往花委，瘞玉埋香，幾番風雨？長波妒盼，遙山羞黛，漁燈分影春江宿，記當時短楫桃根渡。青樓彷彿，臨分敗壁題詩，淚墨慘澹塵土。危亭望極，草色天涯，嘆鬢侵半苧。暗點檢離痕歡唾，尚染鮫綃，嚲鳳迷歸，破鸞慵舞。殷勤待寫，書中長恨，藍霞遼海沉過雁，漫相思彈入哀箏柱。傷心千里江南，怨曲重招，斷魂在否？

吳文英這首〈鶯啼序〉當是悼亡詞中最長的力作了。據夏承燾〈吳夢窗繫年〉：「夢窗在蘇州曾納一妾，後遭遣去。在杭州亦納一妾，後則亡歿。」、「集中懷人諸作，其時春，其地杭州者，則悼杭州亡妾。」

〈鶯啼序〉是現存詞牌中字數最多的，且據考始創於夢窗。悲不能自已，才能創出如此長調悼亡。詞從傷春起筆，由傷春至懷舊，由懷舊而悼亡，感情真摯，筆觸細膩，寄慨遙深，層層推進，詞人的哀戚也一步步加深，終於積鬱於胸的深悲巨痛盡數道出。

詞起筆寫景傷春。天氣猶帶著微寒，看看卻已春色遲暮。詞人飲盡杯中薄酒，借著酒興乘船遊湖。卻想起春將盡時，正是清明，在感春自傷時也點出清明這個特殊的時間，為悲悼做出鋪陳。看著滿眼的柳絮紛飛，飄然遠去，那一點羈旅他鄉的愁思和孤獨也像飛絮一樣飛舞在腦海了。

暮春本易傷情，況清明時節最斷魂。酒意微醺時，十年往事都湧上心頭。詞人用倒敘的手法回憶起當年「傍柳繫馬」的邂逅相逢，繼而又想到那一段浪漫美好的戀情。當我們陷入尚好回憶裡時，時空一轉已是「春寬夢窄」又見離別。為什麼別離呢？詞人沒有說明，只是西湖邊二人攜手同遊處已是暝堤空，只有鳥兒來去。

之後敘述別後離思。別後羈旅天涯卻難相忘於江湖，詞人終於忍不住故地重訪，卻發現

「事往花委，瘞玉埋香」，那女子竟已香消玉殞多時了。幾番風雨，幾欲斷腸。面對眼前的物是人非，思緒又回到當年，那人眉眼低垂、顧盼生輝的樣子恍若眼前，往日的歡會歷歷在目。當時分別還曾題詩相贈，如今都已是塵土無蹤。早知如此，爭如當初不相別！

最後一段是悼亡的哀思。自己也已經老了，青絲間雜了白髮，極目遠眺，望斷天涯望不見那個熟悉的身影。詞人此刻的心情便猶如「羇鳳迷歸，破鸞慵舞」，只是形單影隻地活著，一切都顯得那麼索然無味。

「殷勤待寫，書中長恨」，我想把我的思念、我的憾恨情寫給你看啊，可我望斷天涯找不到傳信給你的信使。於是只好把濃重的相思與悼念化成一曲長歌付與琴箏。千里江南，你的一縷魂魄可否聽到我的心聲？「斷魂在否？」唯恐答案是否定的，卻連自己也不確切，作者懷著渺茫的期待發問，字字血淚。

吳文英詞作常常並不沿著時間脈絡有序展開，而是有著一種「意識流」的特點，展現的不是情節發展的完整性，而是事件引發內心感受的起伏。因此夢窗詞得到了許多諸如「七寶樓台，炫人眼目，拆碎下來，不成片段」、「太晦處，人不可曉」的評價。

這首詞也有這個特點。詞中並沒有對這段戀情做細緻的描述，敘事也是片段的，不連貫的。傷春、懷舊、悼亡的思緒也沒有明顯的層層區分，而是過往與現在、悲與喜交織在一起。然而正是著力於內心世界的變化，使得情感超越時間與空間的限制，更為自由綿邈。在這種不斷的今昔變化對比中，更顯得眼前境況的淒然和曾經愛戀的美好難忘。

從相逢到別離，從歡悅到思念，回憶在往事裡不斷穿梭跳躍，千愁萬緒都在這一幀幀畫面中瀰散在心頭了。

逆境難排：逆旅主人相問，今回老似前回

〈風入松．歸鞍尚欲小徘徊〉

歸鞍尚欲小徘徊，逆境難排。
人言酒是消憂物，奈病餘孤負金罍。
蕭瑟擣衣時候，淒涼鼓缶情懷。
遠林搖落晚風哀，野店猶開。
多情惟是燈前影，伴此翁同去同來。
逆旅主人相問，今回老似前回！

劉克莊詞風繼蘇辛一脈，寫得豪邁開闊。有「君莫道投鞭虛語，自古一賢能制難，有金湯便可無張許？快投筆，莫題柱」，這樣慷慨陳詞，筆力雄壯，極盡抑揚頓挫的作品。

但同許多豪放派的詩人一樣，翻開他們的集子，也能找到記錄著他們內心柔軟的詞句。他為悼念夫人林氏而作的〈風入松〉就寫得頗為深情綿邈，曲折動人。

林氏夫人名節，父親是當朝朝請大

夫、直祕閣林瑑。她出身名門，知書達禮，勤勉聰慧。夫婦二人情深意合，恩愛美滿。二人相攜走過十九個年頭，終於走到了林夫人人生的盡頭。宋理宗紹定元年七月，夫人病逝。詞人在為夫人撰寫的墓誌銘中懷念道：「余宦不遂，江湖嶺海，行路萬里，君不以遠近必俱……余方窘撓，君夷然如平時……余貧居之日多，君節縮營薪水、未嘗嘆不足」，生死相隨，貧賤相伴，足見對方的賢德。

第二年詞人被貶官，在路上想到自己仕途失意又痛失愛妻，於是寫下這首〈風入松〉悼念亡妻。此詞感情真摯，語調空靈，有撼動人心的力量。

婉約詞往往寫得百轉千迴，情景相依，意蘊綿長。劉克莊這首詞雖是婉約詞風，倒仍有些他慣常的豪放風格的影子在裡面。不同於多數詞由景及情，此詞開篇即寫自己騎馬歸來，卻又徘徊不前的複雜心境。

詞人此刻仕途慘澹、生活艱難，滿心都是「逆境難排」的苦悶。他自然而然地想要喝酒來一解心中煩悶。然而「舉杯澆愁愁更愁」，何況詞人拖著病弱的身體不能飲酒，竟是連暫時的一醉忘憂都不能夠。有病有愁不堪醉，短短兩句，詞人的悲涼境況雖並未詳述，卻已直抵內心。

詞至此處但寫悲愁，未見悼亡。接下來的過片巧妙用典揭示了詞旨。古詩文中往往托用

「搗衣」來表達思婦對丈夫的思念。「玉戶簾中捲不去，搗衣砧上拂還來」、「秋夜搗衣聲，飛度長門城」。詞人反用其典來表達對妻子的思念。正是秋風漸起，女子搗衣的時候了，自己身邊卻只有秋風蕭瑟而無人搗衣。詞人罷官歸鄉，「行路萬里，君不以遠近必俱」的夫人卻不再相隨，如此怎不叫人滿心淒涼意。

疲倦地走在風聲淒緊的異鄉，終於看見一處尚未關門的旅店。「多情惟是燈前影，伴此翁同去同來。」孤館寒燈，陪伴自己的只有自己的影子。這樣形單影隻的樣子沖淡了發現落腳處的喜悅，代之以更深沉的悲哀。多情與無情相對，詞人說影子是多情的，暗地裡是在責怪對方就這樣無情地丟下自己在這淒涼人世，還是在怨怪蒼天無情不使永團圓？

已是不堪秋意涼，不堪愁思苦，偏偏店家還不知趣地詢問你為何比上次老了許多？對「今回老似前回」的問題，詞中並未作答。然而通篇讀完，答案就顯而易見了。是喪妻失伴的痛苦讓他蒼老得如此迅速。借用野老的視角展現自己的狀貌，樸實無華的句子裡飽含著深情。在旁人眼裡只是驚訝，於自己心底卻是沉痛。

上片寫異鄉歸程自己見到的蕭瑟秋景，下片寫自己獨宿逆旅，寒燈孤影的淒涼心境。除過片含蓄地化用了思婦搗衣和莊子鼓盆而歌兩個典故，整首詞不見任何悼亡字眼，寫得格外婉轉綿邈。但詞自始至終籠罩在一種慘澹淒清的哀思之中。

清冷冷的孤寂之感，濃郁的悼念之情，流於言外。劉克莊對妻子的深情始終如一，十幾年後他寫「絕筆無求凰曲，癡心有返魂香」，仍幻想著妻子能夠魂歸人間，再見一面，其癡心可見一斑。

物是人非：人間天上，沒個人堪寄

〈孤雁兒．世人作梅詩〉

藤床紙帳朝眠起，說不盡、無佳思。
沉香斷續玉爐寒，伴我情懷如水。
笛聲三弄，梅心驚破，多少春情意。
小風疏雨蕭蕭地，又催下、千行淚。
吹簫人去玉樓空，腸斷與誰同倚？
一枝折得，人間天上，沒個人堪寄。

悼亡詞一般都是男子悼念亡妻的作品。古詩文中以女子口吻創作的詞句，往往都是男性詩人托用女子之口表現棄婦之怨或是思婦之愁。這是由於男性話語權的優勢下女子的才華往往難以展露，但也是由於女性對男性的依賴度很高，亡夫帶給一個人的影響遠遠大於喪妻。丈夫死亡帶給妻子的不只是失伴的痛苦，更可能是一個家庭的坍塌，生活的無著。感情細膩的女詩人面對這樣的人生變故，寫下的悼念文字往往更飽含濃濃的切膚之痛，更真切感人。

「世人作梅詞，下筆便俗。予試作一篇，乃知前言不妄也。」如是自序，顯然是自謙了。世人詠梅多描繪梅花的美麗風姿，或讚其品性、頌其高潔，李清照卻對這些不著一字，不為詠梅而詠梅，只藉著一枝梅花寄予她的悲悼之情。

藤床紙帳獨臥，醒來看著滿室的清寂，爐中沉香已滅多時，無心去續。此刻別無佳思，只覺滿心哀涼如水，這樣的清晨處處都透露著涼意。不知誰吹起笛聲，卻是那最為淒怨傷心的梅花三弄，詞人循著笛聲出門，才驚訝地發現梅花開了，屋外是一片盎然春意。「梅心驚破」十分兀然，卻寫活了那種久無出門心思，忽然看見梅花的觸目驚心。

猛見著春色如許，是不是一掃悶氣、心境開闊了呢？顯然沒有。南方的天氣，漸漸地又下起小雨，雨絲打在臉上，就成了抹不盡的淚水。一個「又」字寫的是未有佳思、心涼如水的人看到風雨又愈顯感傷。獨臥愁，看花驚，落雨悲，作者的悲愁一步步加深，可什麼讓她如此難過呢？

「吹簫人去玉樓空，腸斷與誰同倚」，至此我們終於明白緣由。傳說蕭史教弄玉吹簫，引得鳳凰來儀。後來二人雙雙隨鳳凰飛升，成了一對神仙眷侶。李清照與趙明誠當年詩賦酬唱，同研經典，其風雅何亞於蕭史弄玉！但她卻沒有那麼美滿的命運，如今面對的只有死生相隔、人去樓空，自己倚欄獨坐的寂寥局面。詞至此處，已是斷腸之悲。但易安的哀痛還要更進一步。濃濃的思念都寄予在這梅花裡，卻無處相寄。再也不是當年雖然有暫別，卻可以期待著「雁字回時，月滿西樓」的時候，天上人間，他的身影已無處相尋，滿心的思念與苦痛也只有和淚嚥下。

李清照的作品以隨宋室南渡為風格分期。細讀來，她後期許多詩詞裡亡夫的痛楚與家國的哀思都縈繞在一起，共同瀰漫成一種濃得化不開的哀愁。如果這個國家沒有破敗如斯，如果倉皇南行的歲月還有他相伴，如果此刻他還在身邊，那麼可能還不至於如此艱難，物是人非，欲語淚先流，如食黃連，太苦的時候反而連這痛苦都難以言說了。

南渡後，她再也寫不出那種「和羞走，倚門回首，卻把青梅嗅」的清麗嬌俏的句子，也寫不出「莫道不銷魂，簾捲西風，人比黃花瘦」這樣雖有淡淡的離愁可又帶些嬌嗔的責怪和更多期待的句子。不知愁的少女遠去了，惆悵思君的少婦遠去了，歲華無情心漸老，窗前獨坐的只有一個飽受國破家亡之痛、顛沛流離之苦的孤獨身影。默默地回頭看一看過往的歲月，再默默地瞧一瞧手中那一枝燦爛的春色，默默地嘆上一回氣，那樣的孤寂。

再沒人同賞的，是那一枝梅花，也是她曾經滄海、從此孤獨的漫長歲月。

卷八

自然・人情・暹麗江山別樣紅

捻一縷寒光：晚色沉沉，雨聲寂寞，夜寒初凍雲頭

〈滿庭芳．冬景〉

晚色沉沉，雨聲寂寞，夜寒初凍雲頭。
曉來階砌，一捻冷光浮。
目斷江天靄靄，低迷映、綠竹修修。
多才客，高吟柳絮，還更上層樓。
烹茶，新試水，人間清楚，物外遨遊。
勝似他、銷金暖帳情柔。
細看流風回舞，終日慣、淺酌輕謳。
醺醺地，美人翻曲，消盡古今愁。

（一）

秋風過後是個漫長的冬天。「晚色沉沉，雨聲寂寞，夜寒初凍雲頭。」此時，大多東西都是慵懶著或者索性休眠。日常所見最歡暢的流水也陷入了沉默，一味地冰封下去。似乎這個時候諸多的意象都隱去了，要想找個可以抒懷的對象都很難。曉晨初醒，石階之上，一捻冷光飄浮。舉目遙望，江天暮靄，也是一副冷清的氣象，低迷地映襯

著綠竹。多才的文人墨客，吟誦「柳絮」，還要登高樓。

既是寫冬景，何來柳絮？想必這裡的「柳絮」應該是用了「詠絮之才」的典故。「詠絮之才」源出東晉才女謝道韞。謝道韞是一代名將謝安的侄女，大書法家王羲之的二兒媳，王凝之的妻子。劉義慶的《世說新語》中記載：謝太傅寒雪日內集，與兒女講論文義。俄而雪驟，公欣然曰：「白雪紛紛何所似？」兄子胡兒曰：「撒鹽空中差可擬。」兄女曰：「未若柳絮因風起。」後人便把詠雪也稱作詠絮。

冬日好景，雨雪紛紛，當然也要做點兒什麼，打發這好時光。烹茶，試試今年的新水，這樣的情景裡，把人間看得清楚，身如物外遨遊。這次第，要比那些芙蓉帳暖、柔情似水更勝。細看流風回轉，好似在空中翩翩起舞，也不厭倦，就這般終日淺酌清唱，心裡也樂得自如。美人換了一支曲子，微醺，彷彿那古今愁，也可以消除。

古人都愛煮水烹茶，尤其是在雪天。《紅樓夢》裡就有煮雪水烹茶的片段，妙玉招待黛玉、寶釵、寶玉喝「體己茶」，黛玉問她：「這也是雨水煮出來的？」妙玉冷笑道：「這是五年前我在玄墓蟠香寺住著，收的梅花上的雪，共得了那一鬼臉青的花甕一甕，總捨不得吃……隔年蠲的雨水哪有這樣輕浮，如何吃得？」烹茶的水是她五年前收的梅花瓣上的雪。這般風雅，可見雪天宜煮水烹茶。

燃起小爐，炭火通紅，雪景通透。亮麗的紅、純淨的白、冬日的冷、新茶的暖，對比起來，都是極致的感受。現代人當然不能有這般風雅。他們喝的不僅是茶，還是一種意境。所以，詞人才說，人間清楚，物外遨遊。

（二）

《四庫提要》云：「長卿恬於仕進，觴詠自娛，隨意成吟，多得淡遠蕭疏之致。」趙長卿是宋朝宗室，北宋滅亡後，宗室紛紛南遷，定居臨安一帶。有的人苟安一隅，整天歌舞昇平，醉生夢死。然而也有一些人不忘故國，以詞寄情。南渡之後，趙長卿寫過很多詞，像是在〈臨江仙．暮春〉中寫道：「過盡征鴻來盡燕，故園消息茫然。一春憔悴有誰憐？懷家寒夜，中酒落花天。」以征鴻比喻漂泊異鄉的旅客，以歸燕興起思家的情感，多表達故國哀思。然而這首詞雖表露含蓄，應該也寫於此時。

趙長卿作為宗室之一，他的處境自然較好，何況在這裡還有許多南下的親朋好友，因此還可以有閒情煮水烹茶，賞雪景，淺酌低唱。然而這種感情真的是閒適自如嗎？不得而知。試想一下，宗室貴族，遭遇亡國之痛，從當初雍容華貴、萬事無憂的生活脫離，顛沛流離，委身避於南方，內心必然有太多難以言說的苦楚。人生的跌宕總是讓人難以承受，本身居高處，卻因時運不濟，從高處墜落，這其中的變化，全都化作內心的寂寞愁苦。這種感情是特定的時代、特定的條件下產生的，也是極為矛盾、複雜的。

（三）

了卻富貴後，如今這境遇，似乎也是自得其樂的，勝似他銷金暖帳情柔。然而詞也含蓄，心也含蓄，不是尋常滋味，也無法尋常體會。這是一種怎樣的感情呢？大抵是失之可惜，又不甚可惜吧。在他心中，富貴生活倒不是真正在乎，一如浮雲；然而國家的消亡，卻是心中難以跨過的傷痛，不能觸碰。

沐一剪清風，掬一皚冰雪，煮一壺香茗，展一方宣紙，研一池墨香，在冬日的清冽裡，任一盞婉約走濕茶馬古道。品茶如悟人生，在淡淡茶香中體悟人生滋味，淡看人生悟沉浮。美人一曲高歌畢，醉在這般情境裡，了卻此生許多愁。

是誰說，人間有味是清歡。

細雨畫江南：

春水碧如天，畫船聽雨眠

〈菩薩蠻〉

人人盡說江南好，遊人只合江南老。
春水碧於天，畫船聽雨眠。
壚邊人似月，皓腕凝霜雪。
未老莫還鄉，還鄉須斷腸。

（一）

你可曾夢過江南，芙蓉映水霞，素舸淺漾蓮花，一槳作相思，只將微波輕輕踏。你可曾見過江南，南國掩輕紗，江南碧如詩畫，蓮葉已田田，何處燈火沒蒹葭。

你可曾到過江南，濃墨惹相思，硯跡傾了半紙，花事也纏綿，唯有春色如許。你可曾憶過江南，風景舊曾諳，春水綠如蘭草，煙雨也縹緲，微微暮色難眠。

這是人人口耳相傳中的江南，是唱不盡吳儂軟語嬌俏輕盈的曲，是做不完百轉千迴魂牽夢縈的夢。你聽說過，你想像過，這一種纏綿與神往，像隨風而落的種子，落在每一個嚮往江南的人心中，生根落地，花開不敗。多少人嚮往江南，多少人行走江南，又有多少人一生所願，便是伴這江南煙雨老去。

四月的煙雨在暮色裡飄逸，春天的江水清澈碧綠更勝天空的碧藍，像是舞動綠色的水袖，碧波蕩漾。臥於畫船之中，聽著外面淅淅瀝瀝的春雨，漸漸入眠。

人人都說江南好。江南美如畫，連酒壚邊賣酒的女子也是美的。賣酒時撩起衣袖盛酒，露出纖細的手腕，白如霜雪。不要在老之前回到故鄉，不然回到家鄉後會悔斷肚腸。

（二）

「人人都說江南好，遊人只合江南老，春水碧如天，畫船聽雨眠」，我彷彿在朦朧中清晰看到一幅油紙畫卷緩緩展開，其山水之秀麗，其畫卷之厚重，顫抖的靈魂似被牽了去。在九霄雲外婉轉出「江南」字樣，恍然間徹悟：江南，雖非生於斯，卻願老於斯。願親手壘起紅磚綠瓦，壘造一座別致小屋，而後傍水而居，靠山而依，悠然於山水田園；願親撫鐘鳴，在潺潺溪水中譜奏一曲高山流水的旋律，伯牙不在，子期也逝，千年的音律蕩存心中，自己將其細酌豈不別樣風味；願行走江南，在雨霧迷濛中與天地結伴，結段世間千古姻緣。

只要你一踏入江南的懷抱，便有清秋明月，映出你的背影涉水而行，忖出你的心意騰雲而閱，百丈紅塵飾你以錦繡華裳，千朵芙蕖衣你以高潔淡雅，萬世柔情染你以淒美相思。這裡草長鶯飛，山水豐美，桃杏怒放，蘭桂爭香，便是那飄落碎雨，也有一番風細柳斜的過往心事。

乍寒、乍暖、忽晴、忽雨，躊躇的暮煙，黛色的江南。落隕聲伴隔世滄桑，指尖微涼，卻是曲江流觴。微醺的眼、月下的弦、如水的蓮，夜來聽雨歌樓上，紅燭昏羅帳，都只為紅塵中悱惻的風月情濃。琉璃瓦下畫橋人家，與筆友著詩江南畫。歲月流淌，不過素箋無鄉，征鴻過盡，滿城風絮，終成煙花一場。唯有壚邊女子，緊蹙娥眉，笑語嫣然，不曾施妝。我看不見來宵，黯然相望，她回眸淺笑，似月皓然。

然而，這樣的江南，幾曾見煙火，幾曾識干戈。我這般沉醉期間，家鄉卻正遭受戰亂，鐵蹄踏破了河山，四處離亂，縱再多溫柔繾綣，只讓寸寸柔腸化作斑斑紅淚。故鄉的煙雲已不忍回首，我又怎忍回故鄉。

（三）

日落，月升。那秦淮河的十里煙波，可是凝聚了多少細碎的橋影，揚州一夢，煙花幾重，舞低楊柳樓心月，歌盡桃花扇底風。兩岸歌聲又起，不妨在夜色朦朧中去放縱一世的紙醉金迷。和著淡淡的月光，在若似珍珠萬點的河水中，引吭高歌。「春水碧如天，畫船聽雨眠」，故鄉亦如江南。

可那些古老的故事，一切都已不再。夜如墨染，燭火搖曳，古城相伴一曲離殤，是否有女子採蓮歸來，笑靨泛涼，靜靜地焚香。等郎折花，只願悄悄在耳頰羞說情話。壚邊賣酒的女子，是否還如當年月下，明媚動人？風雨瀟瀟，卻瞥見飄落髮梢的那片葉，暫住帽簷的那隻蝶，是那團紅，還是那抹藍？

未老莫還鄉，還鄉須斷腸。這般良辰美景已如烙印，深深刻在心裡，難以忘懷。故鄉卻是一根線，牢牢地拴在心間。何時故鄉也如江南，讓人暫時忘記心中的煩惱？何時平息戰亂，讓我可還鄉？且讓我在這樣的江南春景裡，再醉一回吧。望有一天終能還鄉，願夢裡夢外的故鄉，處處一如人人嚮往的江南。

舉目四方：
青山遮不住，畢竟東流去

〈菩薩蠻・書江西造口壁〉

鬱孤台下清江水，中間多少行人淚？
西北望長安，可憐無數山。
青山遮不住，畢竟東流去。
江晚正愁余，山深聞鷓鴣。

（一）

鬱孤台下清江水，這裡的鬱孤台便是江西造口的鬱孤台了。當年，金兵入侵江西，殘殺百姓無數，隆祐太后懷抱太子倉皇南逃，在造口棄船登陸，逃往贛州。金兵一路追殺掠奪，不知有多少百姓流離失所。而今，孤獨、失意的辛棄疾登上鬱孤台，追往事，嘆今昔。

鬱孤台下滔滔江水中，曾經有過多少眼淚。身臨隆祐太后被追之地，痛感建炎國脈如縷之危，憤金兵之猖狂，羞國恥之未雪，乃將滿懷之悲憤，化為此悲涼之句。這一江流水，不知有多少行人流下無數傷心淚。抬望眼，遙望長安，遠望西北方向的故都，遠望中原大地的故土，但可惜的是，重重山巒擋住了視線，望也望不見。可是青山雖可遮住長安，但終究遮不住一江之水向東流。「江晚正愁余，山深聞鷓鴣。」江晚山深，我正在發愁，卻聽見鷓鴣在深山中哀啼。

淡淡的文字，濃濃的情結，浸透著辛棄疾的熱淚。鬱孤台下，贛江之水滾滾流去。辛棄疾從這江水中，一定看到了抗金志士悲憤的淚水和逃難百姓痛苦的淚水，而自己年華流逝、壯志未酬的悲憤淚水，也流進浩浩的贛江裡，匯入行人的淚水中。

群山遮擋著北望故都的視線，投降派阻礙著收復失地的大業。寫下這首詞時，北宋已亡，金人繼續南侵，企圖消滅南宋，獨占天下。風雲一時的大宋王朝南北分裂，廣大人民妻離子散，流離失所，生活水深火熱。身處腐敗無能的南宋王朝，有心殺敵，無力回天，這樣的痛苦，又有誰能體會？

然而這樣的痛苦使他對現實觀察得深刻，對世事洞察得透澈，對未來始終懷著樂觀的歷史信念。青山遮不住，畢竟東流去。唯有真正的智者，才能說出這樣的感嘆，且不說內心是否真的豁達。

（二）

莊子〈人間世〉曰：超然世外，欲乘物以遊心，逍遙馳騁，必先了悟宇宙之真諦，才能至上善若水，利萬物而不爭，下百川，因容而深邃之境界。

〈大學〉有言：修身而後齊家，齊家而後治國，治國而後平天下矣。故欲得天下之大成，必先修其內心，使之不隨境轉，不由物生，方可集天人合一，至大境界也。

「青山遮不住，畢竟東流去。」也許是一種信念，也許是對人生與歷史清醒樂觀的認知。生命的天空，並不全然是一片陽光燦爛，烏雲蔽日之時，做好自己便是了。天意尚不可知，豈能盡如人意，但得我心無愧便是了。

人生，需要淡定名利、欲念之心，需要笑看是非功過、名利得失，需要智慧的超然，人世間的滄桑輪轉都有其內在的規律。但是，世事滄桑無論怎樣笑看，如何笑談，歷史是不可褻瀆的，因為歷史昭示了天心公正，以及天下蒼生的良知、良心和無間世道。

歷史的一江春水洶湧澎湃，浩蕩東去，勢不可當，奔流到海不復回，即使幾座青山橫亙在歷史的路口，也斷然阻止不了歷史發展的趨勢，這是任何人也改變不了的事實。世間應該發生的事，你怎麼也阻擋不了，而不應該發生的事，你無論怎麼推波助瀾也不會發生。

人的生命短暫而且渺小，人的一生漫長而又艱難。如果說生命是一番酸甜苦辣的經歷和嘗試，那麼，人生就是一趟布滿曲折與坎坷的單向旅程。但是，無論有多少艱難險阻，「青山遮不住，畢竟東流去」，相信一切都會過去，明天一定會更好。

（三）

繁花四時開，風水輪流轉，古往今來，多少事，物是人非；多少風流人物，一如過眼雲煙，淡淡地，隨風而去。萬千世象瀰漫虛幻的煙雲，智者若想不被其蒙蔽，必有所秉持，有所信仰。古語云：外化而內不化也。人為性靈，失本真便了然無趣。偶寄閒情，秉拙守樸，負陰抱陽，沖正氣以養性，依仁義以修身。

我們再也無法揣摩鬱孤台上那一顆悲戚的高尚靈魂，也無法親歷那一份寓於悲痛中的豁達希望，我們唯有通過這單薄的文字，靠近他，感受他。

人生總有霜寒雪冷，青山遮不斷生命的風景，一江浩蕩的春水畢竟東流而去！

妙手畫秋心：秋色連波，波上寒煙翠

〈蘇幕遮・懷舊〉

碧雲天，黃葉地。
秋色連波，波上寒煙翠。
山映斜陽天接水。芳草無情，更在斜陽外。
黯鄉魂，追旅思。
夜夜除非，好夢留人睡。
明月樓高休獨倚。
酒入愁腸，化作相思淚。

（一）

說起「碧雲天，黃葉地」，也許更為人們所熟知的是元代王實甫《西廂記》裡「長亭送別」一折中的「碧雲天，黃花地」，而范仲淹這首詞，才是原文出處。

秋色連波，秋色與秋波相連於天邊，而依偎著秋波的則是空翠而略帶寒意的秋煙。碧雲、黃葉、綠波、翠煙，多麼斑斕多彩的一幅畫面。

「山映斜陽」，又將青山攝入畫面，天、地、山、水融為一體，交相輝映。遠山沐浴著夕陽，天空連接江水。岸邊的芳草似是無情，又在西斜的太陽之外。

「芳草」歷來是別離主題賴以生發的意象之一，比如相傳為蔡邕所作的〈飲馬長城窟行〉寫「青青河畔草，綿綿思遠道」；李煜〈清平樂〉寫「離恨恰如草，更行更遠還生」。埋怨「芳草」無情，實則是作者多情、重情罷了。

黯然感傷的他鄉之魂，追逐旅居異地的愁思，縈繞不去，糾纏不已，每天夜裡除非是美夢才能留人入睡。鐵石心腸人作黯然銷魂語，尤見深摯。但這般感受與誰說，天涯孤旅，「好夢」難得，鄉愁也就暫時無計可消除了。夜間想登樓遠眺，以遣愁懷；但明月皎皎，反而使他倍感孤獨與悵惘，於是不由地發出「休獨倚」之嘆，明月照射高樓時不要獨自依倚，端起酒來洗滌愁腸，可是都化作相思的眼淚。

（二）

湛湛藍天，嵌綴朵朵湛青的碧雲；茫茫大地，鋪滿片片枯萎的黃葉。無邊的秋色綿延伸展，融匯進流動不已的江水；浩渺波光的江面，籠罩著寒意淒清的煙霧，一片空濛，一派青翠。山峰，映照著落日的餘暉；天宇，連接著大江的流水。無情的芳草啊，無邊無際，綿延伸展，直到那連落日餘暉都照射不到的遙遙無際的遠方。

范晞文《對床夜語》中說：「景無情不發，情無景不生。」眼前的秋景觸發心中的憂思，於是，「物皆動我之情懷」；同時，心中的憂思情化眼前的秋景，於是，「物皆著我之色彩」。如此內外交感，始能物我相諧。秋景之淒清衰颯，與憂思的寥落悲愴完全合拍；秋景之寥廓蒼茫，則與憂思的悵惘無際若合符節；而秋景之綿延不絕，又與憂思之悠悠無窮息息相通。所以「丹誠入秀句，萬物無遁情」。

芳草懷遠，興寄離愁，本已司空見慣，但本詞憑詞人內在的「丹誠」，借「無情」襯出有情，「化景物為情思」，因而「別有一番滋味」。

望家鄉，渺不可見；懷故舊，黯然神傷；羈旅愁思，追逐而來，離鄉愈久，鄉思愈深。除非每天晚上，做著回鄉好夢，才可以得到安慰，睡得安穩。但這卻不可能，愁思難解，企盼更切，從夕陽下一直望到明月當空，望來望去，依然形單影隻，莫要再倚樓眺望。憂從中來，更增惆悵，「何以解憂，唯有杜康」。然而「舉杯消愁愁更愁」，愁情之濃豈是杜康所能排解。「酒入愁腸，化作相思淚」，意新語工，設想奇特，比「愁更愁」更為形象生動。

（三）

望而思，思而夢，夢無寐，寐而倚，倚而獨，獨而愁，愁而酒，酒而淚。輾轉千回，愁思不能解。

縱使好景應難忘，但再難忘的好景，落在羈旅遊子眼裡，也正如酒入愁腸愁更愁。秋色連波，波上寒煙翠，景隨心動，景也蕭瑟。不入此中境，難解此種情，不解此中味。對於羈旅之人來說，這些景，都成了憂思的緣由，憂從中來，不能斷絕。

從此，一個又一個難眠的夜晚，獨自嘆息。勸你莫倚高樓，勸你莫仰望明月，月中有相思地，難忘懷。身處高樓，心在遠方。「何以解憂，唯有杜康。」那麼，就來一壺濁酒吧，借酒澆愁，溫熱了胸口，相思的淚便毫無徵兆地簌簌落下。

一寸相思一寸灰，心裡有萬丈相思難言。但願在酒中暫時忘記這些痛苦吧，但願在酒後可以有團圓的景象，即便是夢一場，不要痛苦難眠。願夢裡可乘風，許我歸故鄉。

一路追春夢：春路雨添花，花動一山春色

〈好事近・夢中作〉

春路雨添花，花動一山春色。行到小溪深處，有黃鸝千百。

飛雲當面化龍蛇，夭矯轉空碧。醉臥古藤陰下，了不知南北。

（一）

一蓑綠色緣煙雨，春在清詞麗句間。江南的村子，在和風細雨裡，溫順得如同貓般，春態嫵媚。一個個黛瓦粉牆的村莊，沉醉在淅淅瀝瀝的煙雨中，顯得寧靜清遠，溫秀典雅。春江水暖，梨花帶雨，「春路雨添花，花動一山春色」，行走在春的詩路花雨中，春的氣象撲面而來，字字含情，句句流韻，字裡行間湧動著一股遏制不住的春潮。

幾陣如酥的春雨，催開了路邊繽紛

多彩的鮮花，湧動了滿山春色。沿著春路，信步來到幽靜綺麗的小溪盡頭，突然驚起無數隻黃鶯在溪頭林間紛飛啼鳴。頭上的飛雲不停地變幻著形態，竟像龍蛇一樣，在碧空中奔騰飛舞。陶醉於這人間的幽靜美景之中，小飲幾杯濁酒，酣睡於古藤濃蔭之下，全然忘卻了紛繁複雜的塵世。

（二）

閒適，安逸，自在。欣賞這首詞，最好是一壺香茗，一曲古箏，一地春色。

這首小詞，著筆濃淡相宜，意興飛揚，雨光花色，春山古藤，皆可入畫。但僅欣賞到這裡罷手，未免失之過淺，因為秦詞最主要的特點是寫心中憂苦之情。清代評論家馮煦《蒿庵論詞》說：「淮海（秦觀）、小山（晏幾道），古之傷心人也，其淡語皆有味，淺語皆有致……故所為詞，寄慨身世。」作者在「醉臥古藤陰下，了不知南北」的悠閒淡雅的詞句下面，實際隱藏著一顆無比痛苦的心。秦觀的好友黃庭堅揭示秦觀的痛苦心靈說：「少游醉臥古藤下，誰與愁眉唱一杯？」可謂抓住秦詞的要害。

此詞名揚於時。蘇軾有題跋云：「供奉官莫君沔官湖南，喜從遷客遊……誦少游事甚詳，為予道此詞至流涕。乃錄本使藏之。」據《冷齋夜話》：「少游既謫歸，嘗於夢中作

〈好事近〉，有云……果至藤州，方醉起，以玉盂汲泉，笑逝而化。」從詞的內容看，為記夢之作有些依據。詞中境界，尤朦朧奇幻，若夢中景觀。

「醉臥古藤陰下，了不知南北」，靈感突如其來，遠離了青樓紅粉，語句豁達，倒有了不一般的意味。最喜歡起句。乍逢「春路雨添花，花動一山春色」便滿心歡喜。「春路」帶一縷自然清香撲面而來，讓人暗自高興——閨閣之外，山野之中，讓人流連。「雨添花」更有一片勃勃生機，笑意盈盈。雨不僅沒有增愁，反而愈發襯出花之嬌豔。「花動一山春色」中，這「動」便是靈動，由點及面，把「花」極度放大，本是一枝紅豔露凝香，剎那間竟然被幻作「一山春色」，與宋祁「紅杏枝頭春意鬧」句中的「鬧」有異曲同工之妙。眼界驟然開闊，只見群芳搖曳、滿目春光。

「有黃鸝千百」也是不惜筆墨，渲染鳥語陣陣不絕。既是「行到小溪深處」，定然有狂放之舉才驚動林鳥至此。少游這場所謂的夢，也做得太張揚，平素的儒雅文靜全部拋之腦後。醉眼觀景，自身另有一番風情。

「飛雲當面化龍蛇，夭矯轉空碧」，讀此句總覺得在觀摩狂草，特別是力道最狠的那一豎，運足氣勢、毫不猶豫地直貫而下，力透紙背，酣暢淋漓，無半分朦朧清婉之感。然結句來得突然，或許前一句耗盡了氣力，彷彿是集畢生之力刺出凶猛一劍，招數使盡便癱軟下來，撤劍倒地「醉臥古藤陰下，了不知南北」。

少游畢竟不是東坡，這般狂縱不羈的時候難以長久。偶爾一現，也是「了不知南北」的混沌中才與常態有別。且不管他，有「花動一山春色」的精彩，也不枉這奇異之夢了。

（三）

花一動，山色便春意闌珊。在這樣的無邊春色裡，漫步細流林間，聽黃鸝千囀百迴。人生快意，寵辱皆忘。

花香幽幽來，從縷縷青雲中，理出細碎而溫柔的陽光。閉合了思維，唯有柔蔓的纖指，梳理優美詩句的稿箋。笑看雲起雲湧，坐聽黃鸝婉轉，醉臥古藤下，什麼煩惱憂愁也都如那煙雲消散。但願身處此山，長醉不醒。人生不快會有時，最是難得一糊塗。何必那樣清醒呢？醒如夢，夢如醒，在半夢半醒間穿行，彷彿也能感受到少游的夢境。就讓我醉臥濃郁的春色裡吧！失卻了方向又如何？就讓我因這難得的糊塗而迷失山間吧！

醉臥古藤陰下，了不知南北，何妨？

綠肥紅瘦：

綠楊煙外曉寒輕，紅杏枝頭春意鬧

〈木蘭花〉

東城漸覺風光好，縠皺波紋迎客棹。
綠楊煙外曉寒輕，紅杏枝頭春意鬧。
浮生長恨歡娛少，肯愛千金輕一笑。
為君持酒勸斜陽，且向花間留晚照。

（一）

說起宋祁，也許不是人盡皆知，但是說起「紅杏枝頭春意鬧」這句詞，卻流傳至廣，無人不曉。宋祁，是北宋著名文學家、史學家，曾與歐陽修等合修《新唐書》。宋祁早年家境並不好，但他和哥哥宋庠都是天資聰穎的神童，在文學上都有天賦，鄉試、省試、殿試，每次都是兄弟兩個人一起上陣，均名列前茅，傳為一時佳話。

最有意思的是在殿試時，主考官將

宋祁定為「狀元」，但劉太后不同意，她認為做弟弟的不能排在哥哥之前，於是將宋庠定為「狀元」。就這樣，哥哥宋庠成了狀元，弟弟宋祁雖然不是狀元，但也等於狀元，兄弟倆便有了「雙狀元」的美譽，並稱宋庠為「大宋」，宋祁為「小宋」。「二宋」從此名揚汴京。

宋祁入仕後，在晏殊的栽培下，平步青雲，過上了富貴奢華的生活。當時大宋天下太平，繁榮富足，宋祁仕途順暢，在晏殊的薰陶下，也熱中詩酒歌舞，喜歡享受，主張「行樂還須年少」，他經常在府邸大擺筵席，晝夜狂歡。

宋祁沉迷於風花雪月中，喜歡在筵前酒邊、花前月下賦詞吟詩。他的詞構思新穎，風流雅俊，描寫生動，有韻亦有境，豔麗而不輕薄，讀後令人心曠神怡。這首〈木蘭花〉是最傑出的代表。

城東的景色愈來愈美，微風吹皺了整個湖面，那漾動的碧波，是歡迎遊客的淺笑。清晨略帶些許寒意，輕煙薄霧籠罩著翠柳，枝頭的紅杏爭鮮鬥豔，蜂飛鳥鳴，鶯歌燕舞，春意盎然。

平生只恨遺憾太多，歡娛太少，何必吝嗇金錢，輕視快樂？讓我們一起端起酒杯挽留斜陽，請它把美麗的餘暉在花叢間多停留一會，讓歡樂在人間常駐吧！

這樣繁花爭豔、朝氣蓬勃的初春景象讓宋祁陶醉，發出了「浮生長恨歡娛少，肯愛千金輕一笑」的感嘆。詞人對美麗春天的留戀之情和及時行樂的生活態度躍然紙上。人生的歡樂是多麼少啊！願拿千金換一笑。

其實詞人看得很透，錢財乃身外之物，生不帶來，死不帶走，只有健康的身體和愉快的心靈，才能伴人終生。端起斟滿的酒杯，邀請夕陽，勸夕陽同乾一杯。希望金色的晚照，能夠在美麗的花叢中多停留一會兒！

（二）

時光稍縱即逝，何不及時享樂。不知道後人對這其中的興味了解多少，也許這首詞的內容已經在時間的長河裡慢慢失去了光澤，但至少為人所傳唱的「紅杏枝頭春意鬧」依然活躍在人們心裡。宋祁也因此有了「紅杏尚書」的美名。

紅杏枝頭飽含春意，竟然「鬧」起來了。的確，這既是真景物，也是真感情。綠柳如煙，狀其淡綠之時那種若有若無的綠色，頭上的紅杏，如火如荼，頗為耀眼。行筆至此，盎然的春意，蓬勃的生機躍然紙上。「鬧」字寫出杏花爭鮮鬥豔之神，也表現出詞人的欣喜之情，境界全出。

王國維在《人間詞話》中有：「紅杏枝頭春意鬧」，著一「鬧」字，而境界全出。沈雄也在《古今詞話》中說：人謂「鬧」字甚重，我覺全篇俱輕，所以成為「紅杏尚書」。唐圭璋《唐宋詞簡釋》裡有：此首隨意落墨，風流閒雅。起兩句，虛寫春風春水泛舟之適。次兩句，實寫景物之麗。綠楊紅杏，相映成趣。而「鬧」字尤能攝出花繁之神，宜其擅名千古也。下片一氣貫注，亦是動人輕財尋樂之意。

很多人會關注「鬧」字，為此而遮掩了全詞的光輝，但其實「為君持酒勸斜陽，且向花間留晚照」才是詞人的深意。人生苦短，歡娛短暫，詞人無奈，舉杯挽留夕陽，挽留時光。「勸斜陽」、「留晚照」寫出詞人留戀美好時光的情感，卻又流露出無法留住時光的無奈和失望，令人回味。

（三）

古往今來，春天在人們心目中，總是充滿了濃濃的詩意。人們總是用最美好的語言，來形容春天；總是用最美好的情感，來讚美春天；總是用春天來比喻生活中美好的事物、美好的人物、美好的情感。

然而人生的春天又有多少個時日呢？很多人指責宋祁縱情宴飲聲樂，但是，轉念一想，人生苦短，誰也不知在某一個生命的節點，就要與這長世作別。在他心中，得樂且樂才是最重要的吧，為什麼要辛苦了這一身皮囊，拘謹在這世間，不得快活呢？且讓旁人數落我的放縱與輕狂，白日放歌須縱酒，這番灑脫與誰說？

「綠楊煙外曉寒輕，紅杏枝頭春意鬧」，紅杏枝頭的盎然春意為宋祁的美麗人生獻上最精彩的一筆。這也大概是他生命裡最美的時光。

鄉村即景：稻花香裡說豐年，聽取蛙聲一片

〈西江月・夜行黃沙道中〉

明月別枝驚鵲，清風半夜鳴蟬。
稻花香裡說豐年，聽取蛙聲一片。
七八個星天外，兩三點雨山前。
舊時茅店社林邊，路轉溪頭忽見。

（一）

鄉村夏日，夜空晴朗，月亮悄悄升起，投下如水的月光，驚起了枝頭的喜鵲；夜半時分，清風徐徐吹來，把蟬的鳴叫聲也送了過來，一派寧靜優美。

雖是夜行，卻似乎一點兒也不著急。不緊不慢地行走在山路上，一會兒看看明月走到哪裡了，一會兒聽聽鳥啼蟬鳴，悠閒自得。此時，沒有需要快馬加鞭的緊急公務要處理，也不用為他人的指責、誹謗而徹夜難眠。路旁的稻田

裡，稻花飄香，預告著又一個豐年的到來。

田裡的青蛙也耐不住寂寞，陣陣叫聲此起彼伏，連成一片，寫出詞人熱愛自然，熱愛夏天的生機勃勃。月光下，嗅著稻花的香味，聽著蟬鳴蛙叫，輕鬆愉快的詞人繼續信步前行。抬頭望空，「七八個星」掛在天邊，稀稀落落，原來星星們都叫烏雲給遮擋住了。突然，山前下起小雨來，「兩三點雨」滴落到詞人身上。這樣一來，剛才還閒情逸致的詞人不禁有些著急了。夏日的天，說變就變，也許一場傾盆大雨就會繼之而來呢？

他加快腳步，趕著尋找避雨之所。從山嶺小路轉過彎，過了一座溪橋，就在土地廟旁的樹林外，一座茅屋出現在詞人眼前。高興的他細細一看，竟然就是從前落過腳的那家小店。

雖然遭彈劾免職，胸中還有諸多憤懣愁苦，但美麗的自然和恬淡的鄉村生活替他化解了部分激憤之情。在這美好的夏日夜晚，走在寧靜的山間小路上，他已經完全沉浸於清風明月之中，融於天地。

（二）

辛棄疾中年之後，基本上被朝廷擱置，讓他過起閒居的生活，也正因為這種擱置才成就了稼軒的詞壇地位，才有了詞壇這顆永不墜落的星辰。他也曾學起陶淵明的隱居，如果往昔的熱鬧是生命的重音，那閒居生活一定是溫柔的和弦。遭遇人生的跌宕、仕途的沉浮之後，內心的寧靜不足為外人道。

在這期間，詞人寫過的許多描述鄉村風光和農人生活的作品，多為平淡之作，然而平淡中卻有深意，樸素清麗、生機盎然。在〈鷓鴣天〉中，也有這樣的佳句：「山遠近，路橫斜，青旗沽酒有人家。城中桃李愁風雨，春在溪頭薺菜花。」於簡樸中見爽利老到，是一般人很難達到的境界。故劉克莊〈辛稼軒集序〉說：「公所作，大聲鞺鞳，小聲鏗鍧，橫絕六合，掃空萬古，自有蒼生以來所無。其穠纖綿密者，亦不在小晏、秦郎之下。」這是比較全面也比較公允的評價。

他一向很羨慕笑傲山林的隱逸高人，閒居鄉野同他的人生觀並非沒有契合之處；而且，由於過去的地位，他的生活盡可以過得奢華。但是，作為一個熱血男兒、一個風雲人物，在正是大有作為的壯年被迫離開政治舞台，這又使他難以忍受，〈水龍吟．登建康賞心亭〉中，他感慨：「休說鱸魚堪膾，盡西風，季鷹歸未？求田問舍，怕應羞見，劉郎才氣。」

他常常一面盡情賞玩著山水田園風光和其中的恬靜之趣，一面心靈深處又不停地湧起波瀾，時而為一生的理想所激動，時而因現實的無情而憤怒和灰心，時而又強自寬慰，作曠達之想，在這種感情起伏中度過了後半生。「了卻君王天下事，贏得生前身後名。可憐白髮生！」（〈破陣子・為陳同甫賦壯詞以寄之〉），「卻將萬字平戎策，換得東家種樹書」（〈鷓鴣天〉），在這些詞句中，埋藏了他深深的感慨。

如果說他閒雲野鶴的村居生活是閒的，但他又從來沒有閒過，在他大量的創作中，我們看到的，不僅僅是一個寄情山水、安於農舍的居士，而是一個滿懷心事，用心訴說心中夢想的志士。為那些質樸而感動，為靈感翻飛而歌之，於是才有了今天見到的這些優美詞句。

（三）

一個文武兼備、有著卓越膽識和獨到眼光的戰略家，處在這樣一個山河破碎、動盪難安、人們渴望英雄的時代，卻無法向世人一展其將軍的雄姿。欲藏心事與誰說？

時勢造英雄，英雄卻為時勢所累。到底是誰的過錯？你無法責備一個時代的過錯，也無法怨恨歷史的無常。身處其中，誰又能說得清楚呢？

只有一點，我們是了然的。當你追尋辛老的腳步，循著稻花香，聽蛙聲蟬鳴，覽清風明月，你會否感受到，有一個熟悉的靈魂離你很近，很近，且不說這其中包含了多少糾纏複雜的心情，但他依然有著那份讓人難以企及的樂觀。

人生何其跌宕，而我相信，有些東西，路轉山迴，也會突現。

卷九

羈旅・思鄉・此心安處是吾鄉

陳酒不消鄉愁：故鄉何處是，忘了除非醉

〈菩薩蠻．風柔日薄春猶早〉

風柔日薄春猶早，夾衫乍著心情好。
睡起覺微寒，梅花鬢上殘。
故鄉何處是，忘了除非醉。
沉水臥時燒，香消酒未消。

（一）

春天剛到，雖然陽光還較微弱，但風已變得柔和，不像冬天那樣剛猛，天氣已漸漸暖和起來。南方早春人們換著夾衫，欣喜萬分。然而這樣的清晨，卻覺得有些微涼，大概是因為剛剛睡起的緣故吧。照照鏡子，才發現鬢髮上插戴的梅花已經殘落了。

哪兒才是我的故鄉呢？除非大醉才能把它忘卻。等到臨睡燒一炷沉水香，待香燒盡了，我的酒意還沒過去。

風再起的時候，幾乎讓人忘卻了憂傷。現在，又是初春，又到了這閒適而溫暖的季節。陽光宛如少女剛睡醒時的眼神，透出淡淡的迷離。映入眼簾的草色是極淺的青，像是拂過大地的曼妙歌聲。「喧鳥覆春洲，雜英滿芳甸。」岸邊的柳葉還是初黃未綠，那些不知名的小花早已經迫不及待地冒出頭來，呼吸這仍有些寒意的空氣。而當終於脫下厚厚的夾襖換上輕便的夾衫，在窗前沐著這如手指般溫柔的春風時，誰又不會有個難得的好心情呢？

這，或許是一年最好的時節了。但這時，那些去年的花，卻是該落了。「曉霜應傍鬢，夜雨莫催花。」這個清晨，似乎還有花瓣落在腳邊，緩慢地，溫暖地，隨著風的腳步在小石子路上摩挲。

鬢上那枝曾經綻放出別樣絢爛的梅花早已隕落，只殘留一抹淡淡的香痕。一切了無痕跡，只有昨夜的醉夢中隱約還望見滿樹的梅花，清芬暗送，兀自美好。但醒了，那月下的淡色花影就化成了微薄的晨曦，在這個清晨，散了四處。舉目望去，眼前的一切似乎還沉睡在清冽的空氣中。輕寒襲來，宿醉未消。

（二）

清照是極愛梅花的，年輕時愛它的清雅，老去後愛它的堅韌。當她還是個待字閨中的少女時，冬季的汴京到處都是繁花滿院，清香宜人。她一定還記得當時家中院落裡的梅花「香臉半開嬌旖旎」、「玉人浴出新妝洗」吧。嬌容清麗，至今仍歷歷如新。那時的她，心中應當還有著「此花不與群花比」的隱約驕傲吧。

與趙明誠新婚燕爾之時，有著那段終生難忘的美好。「紅酥肯放瓊苞碎，探著南枝開遍未。」紅梅佳美如斯，又是在映襯當時的溫馨與甜蜜嗎？甫至江南時，新開的梅花「玉瘦香濃，檀深雪散」，讓她不勝憐惜。這是否又在輕輕喟嘆這多變的時局與命運？

枕邊那一縷「熏破春睡，夢斷不成歸」的梅香，又帶給了她幾許安慰，抑或是哀愁呢？而失去愛侶之後，曾經「伴我情懷如水」的那一枝寒梅，如今卻是「天上人間，沒個人堪寄」。這世間有太多的沉痛，只讓人「年年雪裡，常插梅花醉」，最後卻落得個霜華染鬢，清淚滿衣。

這一縷梅香，幾乎陪伴了她或悲或喜的整個人生。而這幾曲梅花詞，又何嘗不是她的心路歷程？如今鬢間這枝殘落的梅花，難道是命運的又一個隱喻嗎？現在，當她輕撫這如花般隕落的時光，或許也會觸到其中那些隱祕的傷痕吧。

其實，為什麼又要想起從前呢？醉了，也就忘了。忘了故鄉何處，忘了身在何方，忘了這世上的所有。但哪裡還有從前那樣溫暖人心靈的窗影啊？燭光跳躍，明暗著滿屋的恬靜與安寧。那時候的一本書，一杯茶，一個微笑，都是如此惹人懷念。還是回到故園去吧，那些親切的笑容，那些熟悉的味道，就彷彿是多年前的那個清晨，能望見青色的瓦，淡淡的光。

只可惜，那只不過昨夜的夢罷了。也許只有到醉時，心中才會有這片刻的安寧。清晨那一霎時的微風讓人清醒，卻也讓人清楚地感覺到疼痛。

夢永遠是個孤獨的孩子，酒是它唯一的玩伴。而人生又有幾回醉夢中的歡愉呢？夢幾回，醉幾回，故鄉在何方？

（三）

也許是一杯陳年的老酒，說起來就讓人陶醉。也許是一個既遠又近的夢，伴隨著生命的歷程，隨時都會出現在眼前、心中和情感的深處。

故鄉在哪兒？在文人墨客的筆尖，它是一個茅簷低小、溪上青青草的醉裡溫柔桃源鄉，夢之所繫心之所向；真正貼近了，而又是百轉千迴驀然回首，那城卻在燈火闌珊處。

而鄉愁，便是一棵沒有年輪的樹，永不老去。

易安呵，你一定是愛極了故土，今夜你飄然而歸，帶著淡淡的哀傷，西子湖畔太豔靡，這荷花深處才有你的根。點墨，即是你的寸心，在明湖的清澈裡，你的海棠依舊，你不用再將那三疊陽關唱個千遍。從此，你的背影，是一種模糊的悵望，彷彿霧裡的，揮手別離。

踏盡紅塵何處是吾鄉？忘了除非醉，忘了除非醉。

羌笛難飲征夫淚：
濁酒一杯家萬里，燕然未勒歸無計

〈漁家傲．秋思〉

塞下秋來風景異，衡陽雁去無留意。
四面邊聲連角起，千嶂裡，長煙落日孤城閉。
濁酒一杯家萬里，燕然未勒歸無計。
羌管悠悠霜滿地，人不寐，將軍白髮征夫淚。

（一）

不經意，一陣蕭瑟的風吹來。這該是入秋時節了吧。你看，登高遠眺，那滿眼看著的，那滿耳聽到的，可全是些秋色，可全是些秋聲。天是黃的，地是黃的。茫茫地，沒有邊際。

唯獨可以聊以自慰，而頗有些生氣的，便是這重重疊疊的山巒之中，巍然屹立著的腳下的這一座城池。可是，夕陽西下，在陣陣霧靄的掩映之下，隨著幾縷炊煙起過，那城門便已緊緊關閉。於是，愈發顯得孤獨與落寞。不由得，便要憶起江南的好來。這次第，江南該是滿山的杜鵑、野菊遍野了吧。而餘外，漫山遍野的，也該到處是些豐收的號子聲了吧。那聲音，曾經是多麼熟悉。而今，即便只是淡淡地憶起，便又似乎就響在耳際。

質樸，純真，飽含鄉音，而又滿是激情。可是，為什麼，為什麼，此刻耳朵裡塞滿的，全是些風的號子、牧馬的悲鳴、胡笳的啾啾、駝羊的哀號……為什麼夾雜著些號角的一陣緊似一陣的呼號，沒來由的來，沒商量的來，而始終又不曾見著有片刻的停歇。

遙望遠處的山巒，一直望過去。似乎就要望到遠在萬里之外的家，似乎就要看到遠在萬里之外的親人，似乎甚至於看到他們的影、聞著他們的聲了。可是，一陣風過，瑟瑟地發一陣抖，方才知曉，原來一切都是空的。原來一切都是空的！

頹然地坐下，舉杯，痛飲。酒氣瀰漫開去，原以為，這愁緒會隨著風兒飄去。末了，卻不曾去，且愈發濃郁。這功業未建，何時才是個歸期？才飲著酒兒，那悠悠的笛兒便又吹響。這該是一首懷鄉的曲吧。否則，怎麼恁地就讓人夜不能寐，且還落了淚，濕了斑白的兩鬢？是呀，這次第，豈又只是一個「愁」字可以了得?!

（二）

秋來早往南飛的大雁，風吼馬嘯夾雜著號角的邊聲，崇山峻嶺裡升起的長煙，西沉落日中閉門的孤城……這近乎是一幅寥廓荒僻、蕭瑟悲涼的邊塞鳥瞰圖。「長煙落日」，很自然地使人想起王維〈使至塞上〉中的名句：「大漠孤煙直，長河落日圓。」——邊塞，雖經過了歷史長河的淘洗，但在古詩人的筆下，卻依然留有相同的印跡。

家萬里，酒一杯。一杯濁酒怎能澆萬里思歸之愁呢？其結果必然是「舉杯消愁愁更愁」。然而，將士們之所以不得歸去，「燕然未勒」，沒有建立破敵的大功，如何歸去？

寶元元年十二月，夏州地方割據勢力頭子趙元昊反叛宋朝，第二年正月，趙元昊上表請稱帝改元。接著，大興干戈，還好趕上一場大雪，西夏才撤兵，延州城總算僥倖保住了。但一些貪生怕死的官吏卻嚇破了膽，范仲淹不得不挺身而出，主動挑起這副保民衛國的重擔。

他希望能幹出一番扭轉乾坤的事業，永熄邊烽。但在積貧積弱的北宋時代，他根本不可能成為「勒燕然」的實憲。主觀願望與客觀現實的矛盾衝突達到高潮，因而在濃霜遍地的夜晚，隨著悠悠羌笛之聲，他陷入深沉的悲慨之中，久久未能入眠，流下了憂國思鄉的熱淚。

出身孤寒，登朝以後，就和統治集團的腐朽勢力展開了激烈的鬥爭。《宋史》說他「每感激天下事，奮不顧身」。然而，北宋時期，政權完全掌握在大官僚、大地主手中，出身中下層的官吏在鬥爭中處於劣勢。僅憑一人之力，如何扭轉大局？

作為一個有理想的封建士大夫，具有「匈奴未滅，何以家為」的豪邁精神，而在事與願違，侘傺坎坷之際，又不免消沉。「燕然未勒歸無計」，在完成抗擊侵擾的任務以前，當然是無法回鄉的，只有在這裡堅持下去。傍晚之時，對景思鄉，欲歸不得，借酒消愁，消磨了許多時光，已經由黃昏進入深夜，這時聽到的是悠長的羌笛，看到的是銀白的濃霜，怎麼能夠入睡呢？

（三）

在時代的大背景之下，個人的努力顯得多麼渺小，有心殺敵，無力回天。然而又有多少人還和我一樣，為了天下大事奮不顧身，一腔熱血灑邊疆。

秋風起，雁南飛。心也隨雁南飛，跨過邊塞落日，伴隨羌管悠悠，抵達遙遠的故鄉。然而此刻又怎能離去呢？戰事膠著，將軍士卒一夜白頭有誰知？唯有這無盡的愁思化作一行行熱淚，在這樣冰冷的夜晚，凝結成霜。

一杯濁酒，幾丈愁思。

思故鄉，思故鄉，何時可以歸故鄉？

酒腸難載相思：芳草無情，更在斜陽外

〈蘇幕遮・懷舊〉

碧雲天，黃葉地。
秋色連波，波上寒煙翠。
山映斜陽天接水。
芳草無情，更在斜陽外。
黯鄉魂，追旅思。
夜夜除非，好夢留人睡。
明月樓高休獨倚。
酒入愁腸，化作相思淚。

（一）

藍天白雲，黃葉遮地，秋色連著水波，水波上寒煙淒迷。斜陽映照著群山，藍天與白水連在一起，色彩渾然如一。碧綠的春草無情無意，向遠處延伸著，延伸著，直到斜陽之外的天際。

思鄉的情懷令我慘慘戚戚，旅居塞外更加深我的愁思。日日夜夜都寂寞難耐，只有在美好的夢境中苦挨著時日。明月映照之時，千萬不要到高樓憑欄獨立，因為徒自望鄉而又回歸無計。悶酒進入愁腸，全都化作了相思的眼淚，真是徒增憂愁。

一位年逾七旬、飽經風霜的老者，在經歷了殘酷的高層政治鬥爭後，由於朝廷中保守派的阻撓，被迫放棄自己的改革宏圖，自請外任，離開了本應使他施展才華、一展政治抱負的朝廷。這位老者就是宋代名臣——范仲淹。

慶曆四年改革的失敗，成為他政治生涯的轉捩點。被迫罷政，自請外任的范仲淹已是過了知天命的年齡，但是他雖然處江湖之遠，依然心憂朝廷，心憂國事。在距朝廷千里之外的南方，漫步田野，暮秋湛藍的天空浮動著綿綿的白雲，秋風吹落金黃的樹葉，撒滿了田野、河堤，高天厚地之間，濃郁的秋色和綿邈秋波相連於天邊，而依偎著秋波的則是空翠而略帶寒意的秋煙。

在這碧雲、黃葉、綠波、翠煙，構成的色彩斑斕的畫面裡，那漂泊的白雲是老人的鄉思旅愁布滿心頭；那飄落滿地的黃葉是殘酷政治鬥爭的無情吧：失敗者被掃地出門，流放遠地，任人蹂躪；在山映斜陽天接水的盡頭，那綠波、翠煙就是老者憂國憂民的無邊愁緒了。范仲淹被這極天極地的蒼莽秋景所感染，相思、旅愁、飄零、失意、憂國憂民的愁緒一下子湧上這個在政治鬥爭中已被錘煉成硬漢的心頭，使鐵石心腸的人發出了黯然語。

（二）

在這天、地、山、水和斜陽融為一體，構成的薄暮時分的淒涼秋景中，老者一定想到了蔡邕的〈飲馬長城窟行〉：「青青河畔草，綿綿思遠道」；一定想到了李煜的〈清平樂〉：「離恨恰如草，更行更遠還生」。芳草歷來是別離主題賴以生發的意象，自然也成了老者的心境意象。可是，老者的離愁和憂傷比他想到的那些人的心境和詩句更深、更濃、更遠，「更在斜陽外」。

黯然的鄉愁和糾纏不已的懷鄉之情，在老者的心頭縈繞，纏綿痛苦的羈旅之思，在老者的腦海裡揮之不去，夜夜除非在美好夢境中才能暫時泯卻鄉愁。但天涯孤旅，「好夢」難得，鄉愁也就更多的時候是無計可消的了。

漫漫長夜，月難圓，秋風起，人不眠，夢難成，七旬老者登樓遠眺，以遣愁懷；但明月悠遠朦朧的光華，反使他倍感孤獨與悵惘，他害怕高樓，更怕獨倚高樓，於是發出了「明月樓高休獨倚」的千古長嘆。

為了躲避相思、旅愁、飄零、失意、憂國憂民的愁緒，老者只好孤身下樓，月下獨酌，借飲酒來消釋胸中塊壘，但這一遣愁的努力也歸於失敗：「酒入愁腸，化作相思淚」。沉雄清剛之氣在酒中又化作低迴婉轉的愁緒。

（三）

走過一路的滄桑、落魄，縈繞耳際的卻是縹緲的靈魂在半空旋舞的呻吟、呼喚；走過一路的煙雨歲月，漫過季節的更替，內心的隱痛塚於逝去的光陰。天空有大片的雲掠過，微風蕩漾，輕捻髮梢，細數掌心的紋路，盤點支離破碎的思緒，一切都那麼的朦朧又清晰。

芳草無情，更在斜陽外。當我們安然地安眠於文字的荒塚，在淡淡的詞句裡，等一段地老天荒的情懷。彷彿還能感受那份沉澱已久的愁思。

曉風殘陽渺炊煙，枯枝衰草笑夢殘。莫問夕陽為誰去，只恨西風吹夢成今古。為誰感嘆為誰愁，為誰辛苦為誰眠。歷史風輕雲散，斜陽西下只剩下那個單薄佝僂的身影，徘徊在斜陽外，看夕陽離去，望殘月升起。

打開塵封記憶：
無窮無盡是離愁，天涯地角尋思遍

〈踏莎行・祖席離歌〉

祖席離歌，長亭別宴。
香塵已隔猶回面。
居人匹馬映林嘶，行人去棹依波轉。
畫閣魂消，高樓目斷。
斜陽只送平波遠。
無窮無盡是離愁，天涯地角尋思遍。

（一）

很多人可能不清楚「祖席」是什麼，古人出行時要祭祀路神，因此又稱餞別宴會為「祖席」。自然，「長亭」也是送別之地。餞行酒席上唱完離別的悲歌，亭中散了離別的飲宴。「香塵已隔猶回面」。這是剛分手時的情景：落花滿地，塵土也帶有芬芳的氣息，隔著漠漠的香塵，離人仍頻頻回首，難捨難分。送行人的馬隔著樹林嘶叫，行人的船已隨著江波漸去漸遠。無論是「居人」還是「行人」，都繾綣纏綿，不忍別去。

而站在畫閣上的詞人也是黯然消魂，登上畫閣，憑倚高樓，獨自含愁極望，唯見江波映照著落日餘暉，伸展向遙遠的天邊，徒令人增添別恨而已。居人登樓，只是悵惘離懷，有所不甘，並繼續目送行舟。

「無窮無盡是離愁，天涯地角尋思遍」。餞別相送及別後的懷思，如一幅丹青妙手繪的春江送別圖，置身其間，才可見繾綣深情。也難怪唐圭璋《唐宋詞簡釋》謂這首小詞「足抵一篇〈別賦〉」，當非過譽。

（二）

晏殊十四歲以神童入試，賜進士出身，歷任要職，更兼提拔後進，如范仲淹、韓琦、歐陽修等，皆出其門。更以詞著於文壇，尤擅小令，有《珠玉詞》一百三十餘首，風格含蓄婉麗。這樣精彩的人生簡歷，在北宋歷史上，可謂難得一見。在眾多雖有詩名卻命途多舛的文人裡，晏殊怕是為人羨慕的一類了。他一生富貴優遊，所作多吟成於舞榭歌台、花前月下，而筆調閒婉，理致深蘊，音律諧適，詞語雅麗，詩、文、詞兼擅，為當時詞壇耆宿。然而這樣的人，就沒有煩惱了嗎？

愁思這種情緒，可能與任何境遇都無關。它就像忽如一夜春風來，誰也抵擋不住，它也像一場細細密密的小雨，滲透進你的心田，慢慢地滋生出一種厚重的感情來。當它突如其來，你的心裡便有了波瀾，無時無刻不為之牽動，像是置身於一種強大的憂鬱裡，你的不願、你的不捨，全都沒有緣由可尋，卻又無法阻擋。

這樣想來，離別，不過是最普通的字眼罷了。每個人都脫離不了。陰晴圓缺，聚散分離，凡此種種，無法避免。憂從中來，也是點滴離人思。

李煜說，「是離愁，別是一番滋味在心頭」，這番離愁只是一種難以言說的滋味，一直在心頭縈繞，不能斷絕；歐陽修說，「離愁漸遠漸無窮」，愁思遠去，化作無窮，離別之時的傷感戚戚，也隨著時間而漸漸遠去，它是那麼濃重的一抹，無法消散；而晏殊的離愁卻是「無窮無盡是離愁，天涯地角尋思遍」，這離愁是無窮無盡的，而且不止於此，作者彷彿要故意賭氣似的，要讓這般心情往天涯海角尋思去，離人去了哪裡，我的思念便去向哪裡，即便是天涯海角，也要讓這愁思抵達。

（三）

人生大概就是一程沒有定律的跋涉，每一程風雨都有不同的風景融入生命，將時光打磨。賞春花，看秋韻，在旅途中演繹著生命的七彩斑斕。季節的交替將年輪疊加，歲月留下的道道印痕，深淺不一，刻入記憶之中。離別，也是這四時變化中不可忽略的一部分。

曾經那些熟悉的容顏，似乎也都在歲月的風聲裡愈去愈遠了，只餘下一些記憶的痕跡，散落成一地的斑駁，再也找不回昨日的似錦繁華。

流年似水，歲月蹉跎，沒有不散的筵席，也沒有永恆的相聚，終有時候，我們要和過往別過，和往事乾杯。人生有太多的路途，我們只能相伴至此。

分別時，沒有流連的淚眼，相對，無語，一杯濁酒。也許是香塵滿面，遮住了想要落淚的眼睛，這樣不捨的情緒，不便表於人前。行人遠去，波心棹轉，馬鳴哀思。

從別後，唯有高樓遠望，斜暉，流水，離愁飄散，目送平波遠去。如果離愁也有翅膀，它一定能乘風而去，飛到天涯海角每個有你的地方。

別後悠悠君莫問，無限事，不言中。浮雲一別，流水十年。從此夢中只憶相逢。幾回魂夢與君同。

殘花落葉愁更苦：

點點愁人離思

〈更漏子．秋〉

墨痕香，紅蠟淚。
點點愁人離思。
桐葉落，蓼花殘。
雁聲天外寒。
五雲嶺，九溪塢。
待到秋來更苦。
風淅淅，水淙淙。
不教蓬徑通。

（一）

墨痕一段香，紅蠟幾滴淚，點點都是離人的愁思。梧桐葉落了，蓼花也殘了，雁聲陣陣，彷彿在天外迴響，天涼了，寒意陣陣。

五雲嶺，九溪塢。等到秋天來臨的時候，景色卻更加淒苦。風兒淅淅，流水淙淙，蓬徑深深，卻沒有辦法通過。

點點淡墨痕，滴滴紅蠟淚。其間蘊藏著多少故事，我們不得而知。我們且自行想像，這淡淡的墨痕香氣，是當時詞人張淑芳的心愛之人留下的痕跡，也許是曾一起研磨作詩，寫下心儀的詩句，殘留下的淡淡墨香。

而今良人遠去，卻留下關於這墨痕的回憶，讓詞人一遍遍溫習，守著薄涼的夜晚，紅蠟的淚也已經凝乾，睹物思人，目及，思及，都是滿滿的回憶，點點滴滴都牽動著詞人內心的愁思。

點點紅塵，一曲相思瘦。指尖只有這一段淡淡的墨痕香，又怎麼挽留。曾經的相守還歷歷在目，也許宿命的漂泊是因為選擇了遙遙無期，若一而再再而三地錯過只是不期而至的依依難捨，那麼離別的愁緒又怎麼言說？

你不經意的離去帶走了江湖，你凝眸望不透我心裡的荒蕪。曾經題字的雙手摸不透我繾綣心事裡怎樣的寂寞。蓓蕾一樣默默地等待，夕陽一般遙遙地注目，也許藏有一個重洋，但流出來只有兩滴淚珠。

要橫渡怎樣的綠水悠悠，才能尋回你題字的雙手，點點淡墨痕，暈染多少煙雨水韻裡的似水柔情，紅蠟滴滴淚，包含了多少期盼與深情。

（二）

一陣秋雨一陣涼，一陣秋風一陣寒。一聲梧葉一聲秋，一點芭蕉一點愁。

梧桐在古代的中國可謂是神樹。《詩經．大雅》寫道：「鳳凰鳴矣，于彼高崗。梧桐生矣，于彼朝陽。」鳳凰是傳說中的東方神鳥，無上的高貴聖潔，神鳥只選擇梧桐樹棲息，足見梧桐具有怎樣的神奇了。莊子〈秋水〉云：「夫鵷發於南海，而飛於北海，非梧桐不止。」此典也可以印證良禽擇木而棲的神異。

也許是因此，自古以來，文人墨客對梧桐有著特別的情感，常常借梧桐樹而感嘆人生。比如，唐代的王昌齡寫下了：「金井梧桐秋葉黃，珠簾不捲夜來霜。熏籠玉枕無顏色，臥聽南宮清漏長。」孟郊吟誦出：「梧桐枯崢嶸，聲響如哀彈。」詩人們把梧桐葉落時、人自愁思起的借喻刻畫得入木三分。

深秋幾度風雨，梧桐莖黃葉枯。當梧桐葉知道當下的使命行將結束，於是擠乾了最後一絲澀澀的苦水，無聲地吻別樹枝，在無牽無掛中相繼飄落，輕柔地、含羞地擁進大地的懷抱。這樣的凋零卻牽引著詞人的愁緒更增添了幾分。

梧桐葉你一定見過，但不知你可曾見過蓼花。「江南江北蓼花紅，都是離人眼中血。」紅蓼點點，都是離人愁。而今蓼花也開敗了，愁思卻不減半分。

蓼花開在路邊，渺小得人們根本不會留意到它，混雜在其他雜草間，隨著秋風起起伏伏。那點點粉色，像一些輕塵，撒落在這個開始暗淡的季節裡。這是一種充滿秋意的花，也是真正屬於秋天的花。風吹過，起起伏伏。

雁聲陣陣，從遙遠的天邊傳來，也帶著淡淡的寒意。

這一切，都如同一幅精美絕倫的哀緒離愁之畫。離愁別緒，其實每個人都或多或少會有，它們像晨起的薄霧一般，揮不走也看不清。是鄉愁、離愁，抑或是情愁？

（三）

我們更願意相信，這是情愁。

蝶衣輕舉逐香塵，舞色隨風淡墨痕，穿越千年的宋代，剪裁一襲相思的背影，相約在水一方。我們已經很難再尋覓到詞人的蹤跡，關於她的生平，關於她的故事，都已經湮沒在歷史的塵埃裡。

她沒有像很多大家一樣，留下很多趣聞逸事，還可供後人參考考證，只有這幾首詞，安靜地置放在這塵世間，供後世品讀。我們只能從這些詞句裡，去猜想、去還原一個原始的她。也許是不真實的，但我們願意讓她完美。

風，吹起了千年的吟唱，環繞糾纏了眉間的寂寞，樓台亭榭，憑欄獨守，滿腔幽幽訴無處，魂夢依依枉嘆息。清歌聲裡門半掩，留白了詩韻琴弦。前世的擦肩，最是回眸的花間。煙雨濛濛，竄改了遇見時的誓言。一抹淚殘，奏不盡的紅塵戀。

你可知，當你遠去，所有的風景都凝結成苦。

不忍登高臨遠：望故鄉渺邈，歸思難收

〈八聲甘州．對瀟瀟暮雨灑江天〉

對瀟瀟暮雨灑江天，一番洗清秋。
漸霜風淒緊，關河冷落，殘照當樓。
是處紅衰翠減，苒苒物華休。
唯有長江水，無語東流。
不忍登高臨遠，望故鄉渺邈，歸思難收。
嘆年來蹤跡，何事苦淹留？
想佳人，妝樓顒望，誤幾回、天際識歸舟。
爭知我，倚欄杆處，正恁凝愁！

（一）

秋，在王維筆下是「秋天萬里淨，日暮澄江空」；在王勃眼中是「落霞與孤鶩齊飛，秋水共長天一色」；在李頎詩裡是「秋聲萬戶竹，寒色五陵松」。

這些感慨中，有的人格調低沉，把秋天描寫得淒涼冷漠，甚至肅殺可怕，有的人則是對秋天歡呼、歌頌、讚美，他們描摹秋天色彩斑斕、高曠深遠、美不勝收。

然而到了柳永這裡，卻是「對瀟瀟暮雨灑江天，一番洗清秋」，在他眼裡，秋，變成了遊子落魄他鄉，最惆悵、最落寞的時光。秋的悲，是「秋葉飄飄江南雨」的多姿，是「狂風驚雷點層層」的稠密，是「望君遠去情切切」的淒涼。秋的心情便是愁。

面對著瀟瀟暮雨從天空灑落在江上，經過一番雨洗的秋景分外寒涼清朗。淒涼的霜風逐漸地迫近，關隘、山河冷清蕭條，落日的餘光照耀在樓上。到處紅花凋零翠葉枯落，美好的景物漸漸地衰殘。只有長江水，不聲不響地向東流淌。

不忍心登上高山看遠方，眺望渺茫遙遠的故鄉，渴求回家的心思難以收攏。感嘆連年奔走，究竟為了什麼在異鄉苦苦滯留？佳人一定在妝樓苦苦地遙望，有多少次誤認了遠來的歸船。她哪裡知道，此時的我正獨倚欄杆，心中結聚著無限哀愁。想起心上人，正在華麗的樓上抬頭凝望。

（二）

王國維曾以此與蘇軾〈水調歌頭〉媲美，認為此二作皆「格高千古，不能以常調論也」。

「對瀟瀟暮雨灑江天，一番洗清秋。」秋，本是一個季節，一種時令，並非實物，是無法「洗」的，但柳永卻認為秋之清冷是由暮雨洗出來的，多麼生動、真切，彷彿閉上眼睛，感覺一場大雨傾盆而下，洗盡塵世污濁，一片清朗的秋就出現在面前，那樣透澈澄明，那樣高遠空靈，彷彿觸手可及，連呼吸也是清爽的。然而這雨是冷的，絲絲涼意的秋雨，則是另有一番滋味在心頭，淒涼冷清，霏微蕭瑟，訴說著青春已逝、韶華不再的嘆息。

「漸霜風淒緊，關河冷落，殘照當樓。」這是撼動古今詩人心扉的名句，把秋色渲染得更加深透。霜風有不少寒意，淒涼而緊湊，關河都是遊子離家、回歸的必經之處，但現在冷清和落寞，淒緊、冷落都具有情感色彩，漸出意境。

風既寒且急，行旅必少，一切在外求仕、謀職、經商、售藝之人大都回到自己溫暖的家園去了，只留下空寂的關山、渡口和樓頭孤懸的殘照。

紅衰翠減，一派淒清蕭瑟之感。唯有滾滾長江水，無語東流。淒清悲涼、蕭疏頹敗，又化江水無情為有情，蘊含了詩人懷鄉思人的悲憫情懷。

想要登高臨遠，眺望遙遠的家鄉，又不忍，思鄉過切，歸鄉不能，這般愁思誰人懂？回顧反思。回首前塵，多少年來四處奔波，行蹤不定，實無可在他鄉久留的理由，該回歸故鄉了。佳人也好，自己也罷，都在苦苦地思念和盼望。

評說柳永，不管你怎樣看待，也得承認他是中國文學史上首屈一指的風流才子。李白有才氣，蘇軾也風流。若要也才子，也風流，且把才氣與風流玩得出神入化，遊刃有餘，恐怕李白與蘇軾是難以望柳永的項背。

他不僅是個風流才子，還是個屢試不中的補習生，常喝常醉的酒鬼，出沒秦樓楚館的浪子，仕途坎坷的小官，「奉旨填詞」的專業詞人，浪跡江湖的遊客，自命不凡的「白衣卿相」，歌樓妓女的鐵哥們兒，放蕩不羈的花花公子，市井街頭的自由撰稿人，惹怒皇帝的笨蛋，不修邊幅的小丑，敢恨敢愛的漢子，無室無妻的光棍，創新發展宋詞的巨匠。

他的筆頭流淌著陽光、春雨、丹青。他描繪的江南有聲有色，有情有韻有味，讓身處江南的才子也心馳神往。柳永的心頭有天真稚氣，柔情似水，激情似火。平仄聲裡，如杜鵑啼血，如秋雨打萍，濺得宋詞好婉約。

(三)

在暮雨瀟瀟的秋日登高望遠，滿目山河冷落，殘照當樓。大江東去，思緒也隨滔滔江水遠去了。這種愁情，與誰訴知呢，鬱結在心中，也只會讓人徒增傷感罷了。

言語的感染力到底是何等神奇，千年後的我們，再次看到這首詞，淺吟低唱，彷彿依然能感受到這穿越千年的溫度，那種欲說還休的惆悵心境。

然而，你再也找不到一個人，擁有他的才情，擁有他的不羈，擁有他那與生俱來的憂鬱。

人世幾度浮華喧囂，把熱鬧醞釀成平淡，寂寞難言。

卷十

豪邁・愛國・斗轉星移心不滅

欲與天公語：九萬里風鵬正舉，風休住，蓬舟吹取三山去

〈漁家傲〉

天接雲濤連曉霧，星河欲轉千帆舞；
彷彿夢魂歸帝所，聞天語，殷勤問我歸何處。
我報路長嗟日暮，學詩謾有驚人句；
九萬里風鵬正舉，風休住，蓬舟吹取三山去。

（一）

說起易安，最先想到的是那「和羞走，卻把青梅嗅」的嬌憨，「雁字回時，月滿西樓」的閨思，「尋尋覓覓冷冷清清，淒淒慘慘戚戚」的孤寂。如這般「九萬里風鵬正舉，風休住，蓬舟吹取三山去」的雄奇豪邁倒是少見。唯一可以媲美的，便是那首「至今思項羽，不肯過江東」了。

在詞史上，清照詞多清麗典雅，被譽為婉約派代表。從微黃古墨的宣紙上，依稀可見一個纖細女子迤邐的眉眼。一直覺得，古畫未描出她顏色的十分之一，她的靈動，她的才情，她的孤寂，她的堅韌，唯有一本《漱玉詞》才能一一勾勒，向我們展現一千年前裙裾飛揚的奇女子。

書香門第，賭書潑茶，清音雅律，李清照前期的生活，便是這般琴瑟和諧。如所有幸福的小女子一樣，神情明麗，柔荑纖長，華服玉環輕碰，如翠竹滴露，水擊青瓷，空靈剔透。戰爭毀滅了這一切，狼煙胡騎，擊碎的不僅是一個帝國的領土和尊嚴，更是這片土地上人民的衣食住行、柴米油鹽，蒼生何辜！亂世苟全尚且不易，更何況是新寡的女子？南渡漂泊，還有身受「饋璧北朝」之誣，可謂是內外交困，身心俱疲。一個女子的力量，在這時，便可一清二楚地體現。

據記載稱，李清照為了辨明自己的清白，「從御舟海道之溫，又之越」，一度追隨宋高宗的足跡，〈漁家傲〉這首詞，便是成於建炎四年，漂泊於海上之時。這首詞一反其婉轉多思的風格，寫得氣勢磅礴，極具浪漫主義色彩。此時此刻，還有如此心境，可見，她並不僅僅是有才情的閨閣女子，其中的堅韌、反抗、豪邁在兩宋之交淒風苦雨的文壇，無意是一道閃電，劃破苦悶的天際。

其實，就其追聖澄清之事，便可看出，雖深受家族傳統儒家經典耳濡目染，但她卻不是中庸溫良、逆來順受的女子，她孑然一身的奔波抗爭，她奮力「報路長嗟日暮」。這是女性意識的覺醒，她不等待拯救，她不屈服誹謗，她不自艾自憐，她雖處逆境卻奮力反抗，主動打破命運不幸的枷鎖，「天接雲濤連曉霧，星河欲轉千帆舞」，以詞為名，發出自己的聲音！

（二）

中國傳統的女子，大都遵循相夫教子的路徑，溫良恭儉讓，望夫戍邊，思夫歸來，如倚榛荊的菟絲，默默地，豐茂，枯萎，歲月無聲。只有兵荒馬亂的年代，才會磨礪出女子的真性情：替父從軍的花木蘭，擊鼓退敵的梁紅玉，抗金忠勇的秦良玉……都以一己之力，撐起一片天空。如魯迅先生所說的：為中國女子的勇毅，雖遭陰謀詭計，壓抑至數千年，而終於沒有消亡的明證了。李清照想必也是這樣勇毅的女子，家國天下於心中，雖最終飄零似浮萍，卻始終有所追求，有所執著，有所堅守。

在〈漁家傲〉中，夢境與現實的交替，除了感受到「九萬里風鵬正舉」的浪漫雄奇，更多的是一個女詞人的尖銳和孤憤，「我報路長嗟日暮，學詩謾有驚人句」，在女子無才便是德的時代，一個才華橫溢卻又思想獨立的女子，是孤獨的、不被認可的，甚至是應該被指責的。雖才情兼備的女詩人不在少數：薛濤、李季蘭、魚玄機、朱淑真……但她們的詩詞多是或旖旎或清麗或婉轉的閨思閨怨，能將這種憤懣、不滿、不公強烈地表達出來的，微乎其微，李清照的〈漁家傲〉便是其一。

這種女性意識的覺醒，在那個混沌蒙昧的社會，是難能可貴的，超越時代的思想，總是會被打壓被誤解。我想她明白，因為明白，所以很多時候斂去鋒芒，於一室之內，閒窗鎖晝，即使不看，也知道，疾風驟雨後，海棠便是綠肥紅瘦了。

但是，清照的真性情，也會在讀詩賞花之餘，含蓄卻獨特地表現出來。且看這首不同於常人的詠花詞：

〈鷓鴣天〉

暗淡輕黃體性柔。情疏跡遠只香留。何須淺碧深紅色，自是花中第一流。

梅定妒，菊應羞。畫闌開處冠中秋。騷人可煞無情思，何事當年不見收。

文人雅士愛花，更愛托志吟詠花，可寫桂花，讚其「自是花中第一流」便罷，還指出「騷人可煞無情思，何事當年不見收」，怨其〈離騷〉情思不足，這樣指責先賢的大膽之語，還是出自女子之口的，當數第一耳。

也難怪，這首〈漁家傲〉中，在天帝、夢境中的呼號，敢於化作一股膽氣：風休住，蓬舟吹取三山去。這樣的心思，清照必是早已存了吧，只是在這極為困頓的絕境中吶喊出來。何處是歸處，但且一往無前，蓬萊三山是吾家！

（三）

在紛紛擾擾的文壇，在男性文人的絕對優勢掌握的寫作話語權下，女子的德才往往被壓抑著、掩蓋著，拘於一室之內，只能蒔花弄草，望夫盼夫。很多時候，以為這就是常態。李清照的出現，是一道明媚而略微刺眼的光芒，她有自己的色彩，自己的絢爛，綿密悠長，穿越歲月，芬芳依舊。

遺恨壯志未酬：此生誰料，心在天山，身老滄州

〈訴衷情〉

當年萬里覓封侯，匹馬戍梁州。
關河夢斷何處，塵暗舊貂裘。
胡未滅，鬢先秋，淚空流。
此生誰料，心在天山，身老滄州。

（一）

說起南宋愛國詩人，第一個想到的便是陸游，一首〈示兒〉，誠摯至深。輕吟著「死去原知萬事空，但悲不見九州同。王師北定中原日，家祭無忘告乃翁」，穿越千年的深沉悲哀和厚重的愛國情懷總是會激發得人熱淚盈眶，唏噓不已。但我覺得，他的〈訴衷情〉，一句「此生誰料，心在天山，身老滄州」才真的灼傷眼睛，心疼不已。

古代文人，堅持文以載道，多以匡

扶社稷為己任，更何況所面對的是半壁江山，破碎山河呢。可想而知報國無門，家仇國恨一齊湧上心頭，該是怎樣的輾轉反側？關河夢斷也罷，鐵馬冰河入夢來也罷，不過是一個英雄無路請纓的絕境。在這個溫暖富饒、可作汴州的地方，是能暫時忘記恥辱，苟安度日，醉生夢死的。

當社會主流意識與文人平生所願相背離時，在矛盾的不可調和下，會出現兩種人：隱者和癡人。前者多出現於安寧時代，退而讀書，格物致知，寧靜致遠。後者多處於亂世，天生的使命感使其難以放下、堅守執著，將個人機遇與國家命運緊緊聯繫起來，家國之殤，這必然是痛苦的，而且是不可癒合不可治療的痛苦。歲月無情，朝如青絲暮成雪，是多少有志之士都走不過的坎，「胡未滅，鬢先秋，淚空流」，從此，英雄不敢生。

「訴衷情」與這首詞，真的是極為貼切。字字真誠，句句泣血。「此生誰料」的悲哀，道出一個時代眾多人生的殘缺。不能忘記，不敢忘記，卻不可放下，唯有畫地為牢，將畢生可望而不可即的夙願釀作新酒，伴著三兩落魄潦倒人，能飲一杯無？

（二）

從眾多詩詞中，可以看出，陸游是有過一段崢嶸歲月的。那時的他想必少年有志，北望中原氣如山，滿懷赤誠，一片丹心報天子。只是，奈何時政無常，最終，只能是天山滄州，身心異方。然時代的不幸造就了偉大的詩人，筆亦能化心，墨自有恨淚，即便零落成泥又如何，初心不改，芳香如故。

這首詞成於陸游晚年，滿紙秋意，「當年」二字一出，如遲暮的美人倚望韶華歲月繡成的繁花，雲蒸霞蔚，滿目光芒，卻掩蓋不了眼角細密的皺紋。「此生」一句，道出浮生將盡，便倍感悲涼了。

和辛棄疾等同時代的愛國文人一樣，他們的心力，直指北方，卻畢生難以到達，最終，交瘁而死。不同的是，稼軒以筆為劍，退而作詞，而陸游始終是以詩詞為精粹。從流傳下來數以萬計的作品中，可以看出，陸游是極為愛惜自己的羽毛的。

如果說稼軒是被逼為詞人，那麼，陸游可以說是自己選擇並終身致力於此，他有意識地堅持儒家的「立德立功立言」，更為純粹的是個儒者。只是，因為時代的原因，陸游的詩詞中，更多充斥的是刀劍戎馬。「此身合是詩人未？細雨騎驢入劍門。」一句自問自答，略帶諷刺不甘的語氣，道出陸游為文的價值取向，不是如唐代李賀、賈島一樣，字斟句酌，仔細推敲，而是有其骨力，有其擔當。

這些被滿目瘡痍的土地進一步喚醒的文學意識，將文學的社會責任發揮到極致。然而，這些人忘記了，詩詞不是政治，它對社會的影響更多地從意識層面入手，詩詞乃至文學，有其自身獨立特性，將太多的重擔強壓其中，盼其能匡扶正義，收復河山，只能是將其推入歧途，淪為時代的傳聲筒。

古代文人，自古以來將其安身立命之所學看得過於強大，混淆了政治，混淆了歷史，變得有些模糊不清。好在，陸游雖思慮甚深，卻始終有一個度，在保持詩詞為文學的特性時，又不缺乏時代的韌性。

（三）

君子之守，君子之傷；君子之守，子孫之昌。總有人會理解這些掙扎的痛苦靈魂。如哥窯天青色冰裂紋瓷器，橫斜疏疏的斷層、位移裂痕，增添了流芳的韻味和品格。

一個偉大的詩人，足以從某個角度映射出一個時代的影像。其中詩詞中所發出的不平和悲鳴，會因時光的流轉，化作清冽的泉水，浸潤著世世代代子孫的靈魂。

與這首詞驚鴻一瞥邂逅，是幸事，應肅然起敬，思往事，追來者。

青春都一餉：忍把浮名，換了淺斟低唱

〈鶴沖天．黃金榜上〉

黃金榜上，偶失龍頭望。
明代暫遺賢，如何向？
未遂風雲便，爭不恣狂蕩？
何須論得喪。才子詞人，自是白衣卿相。
煙花巷陌，依約丹青屏障。
幸有意中人，堪尋訪。
且恁偎紅倚翠，風流事，平生暢。
青春都一餉。
忍把浮名，換了淺斟低唱。

（一）

整個北宋，要說最為肆意、最為倜儻的，要數柳永了。當時紙醉金迷的青樓，都傳出「不願穿綾羅，願依柳七哥；不願君王召，願得柳七叫；不願千黃金，願得柳七心；不願神仙見，願識柳七面」的話了。就連死後，無家無財，也是群妓出資建了個香粉塚來安葬。這才子佳人的故事色調總是纏綿旖旎，但背後卻是怎樣的清冷苦悶、自我放逐呢？一紙詔書，一句「奉旨填詞柳三變」的戲言，竟如一根銳利的長針，刺穿柳永一生。

出身官宦世家，自幼負有神童之名，華冠滿京華的風流才子，卻在仕途之路中，坎坷非常。科考落第又如何？何必「江楓漁火對愁眠」，〈鶴沖天〉這種由內而外的自信，才是那個時代讀書人所需要的張力。

為文者，得之文，失之文，為文生，因文死，也許很多時候這就是宿命。當時，仁宗也讀過這首〈鶴沖天〉，先不論結局如何，就這個事情而言，足足可以看出柳永的才名，不僅流傳於市井之間，還進入了朝堂，落入皇上的書案。

於是那句「青春都一餉，忍把浮名，換了淺斟低唱」，深深地刺疼了仁宗的眼睛，及至第二次科考，本已中試的柳永，被負氣的帝王黜落。

因一曲〈鶴沖天〉引發的連鎖反應在史書、稗官野史中有著零星的紀錄，多少人哀嘆柳永的不幸，仁宗的狹隘易怒。

可是，縱觀整個宋朝歷史，宋仁宗趙禎，他在位期間，出了包拯清正廉明以震貪官，范仲淹「慶曆新政」以整朝野，發行了世界上最早的紙幣「交子」。可以說他是位明君，他在位期間，河清海晏，國泰民安。也許，這位睿智的帝王在氣惱之中，也清楚地認識到柳永此人，雖有才名，卻不可大用。以詞之名的罷黜，也算是種成全，成全這位胸有萬點墨的詞人的文采，成全與唐詩並肩的宋詞在文學史上以一種更為成熟的姿勢走向頂峰。

（二）

作為宋詞婉約派的代表，柳永多情可「衣帶漸寬終不悔」，善思如「縱有千種風情，更與誰人說」，敏感似「欄菊蕭疏，井梧凌亂，惹殘煙」，最是清疏狂放要數「才子詞人，自是白衣卿相」了。

滿腹才華的人多有傲氣，可傲氣自信如柳永這般自稱「白衣卿相」者，確實少見。只是，一語成讖。白衣風華，詞人如玉，如切如磋，如琢如磨，流連於歌樓舞坊間，偎紅倚翠，醉生夢死。

詞是知己，填詞是自我宣洩。青春一餉，浮名堪言？只是男子漢大丈夫，誰不希望有所作為，誰不願按著儒家修身齊家治國平天下的理想一步步實現，況且，柳永出身於書香門第，官宦世家，一家三代便有六人及第。青樓薄倖名，紅袖添香，才性高妙，掩蓋不住其中內心的冷然失意。經年以後，青春不再，酒氣歌喉也掩蓋不了空落的內心，如同這首他晚年作的〈少年遊〉：

長安古道馬遲遲，高柳亂蟬嘶。夕陽鳥外，秋風原上，目斷四天垂。
歸去一雲無蹤跡，何處是前期？狎興生疏，酒徒蕭索，不似少年時。

時間在詞人的身上留下了深刻的印記，在〈鶴沖天〉中，那種青春一餉，及時行樂，玩世不恭的態度已經淡化，甚至應是生出了些後悔，雖才名在外，詞作流芳，可是這些，並不是心中所想，只是聊以消遣罷了。

戲劇家蕭伯納說過：人生最大的悲哀莫過於得不到自己想得到的東西。一屯田員外郎，虛職無為，「柳屯田」，於才氣甚高的柳永而言，是怎樣的一種諷刺啊？

曾經年少，讀罷〈鶴沖天〉，生出「平生盡，皓首柳七詞」的感慨。現在，我寧願相信這是他的牢騷之言，言不由衷的話語，他還是那個寫「異日圖將好景，歸去鳳池誇」的志在朝堂的年輕人。

（三）

柳永仕途的失意成就了他專心作詞，從小令到慢詞，從白描到鋪敘，革新詞壇，開一代詞風。也許他心中的夙願還是做一位造福一方的官吏，可是最終還是明白了，在宣紙徽墨中會有一個更大的世界等著他去揮灑心血，指點江山。做適合自己的，才是最好的。

隔著一頁微黃的紙張，我看見了白衣落拓的詞人，孑然一身來去，潦倒寂寥，輕吟著「且恁偎紅倚翠，風流事，平生暢。青春都一餉，忍把浮名，換了淺斟低唱」，一路芳華。

聽著千年的餘音，心有萬千餘響，口不能言。

盼人會登臨意：

倩何人喚取，紅巾翠袖，搵英雄淚

〈水龍吟・登建康賞心亭〉

楚天千里清秋，水隨天去秋無際。
遙岑遠目，獻愁供恨，玉簪螺髻。
落日樓頭，斷鴻聲裡，江南遊子。
把吳鉤看了，闌干拍遍，無人會，登臨意。
休說鱸魚堪膾，盡西風，季鷹歸未？
求田問舍，怕應羞見，劉郎才氣。
可惜流年，憂愁風雨，樹猶如此！
倩何人喚取，紅巾翠袖，搵英雄淚！

（一）

他曾是意氣風發、鮮衣怒馬的少年豪俠，亦曾是壯懷激烈、屢建奇功的勇武將軍，而如今，在山河破碎風飄絮、身世浮沉雨打萍的現實面前，早生華髮，報國無門的辛棄疾無路可走，唯有穿著一身磊落的青衣，登臨建康的賞心亭，長歌當哭。

平生落拓，何必登高？最怕登高。只有站在高處，才能望盡那胡臣的遺民，只有站在高處，才能記起在祖父墓前發過的誓願，只有站在高處，那鐵馬冰河的星夜才會喚醒那烙入骨髓深處的傷痕，一一撕裂，疼痛與怨恨糾纏不休。

司馬遷曾有言：退而論書策，以舒其憤。對辛棄疾來說，這是無奈之中的選擇。他曠世的才華，如同深夜裡低落蒼穹的流星，精彩異常卻短暫無比。劃破天際，然後一路跌跌撞撞掉進南宋那片沉寂的死海。從一個「醉裡挑燈看劍，夢回吹角連營」的將士，到一個舞文弄墨的文人，這該是怎樣一種傷懷的轉折？

他的君，沒有給他任何機會，他的朝，也未曾給他絲毫退路。世事變遷，人心進退，充斥在朝堂上的不是收復失地的拳拳之心，而是人性扭曲背後的猜忌與陰謀。

所有的憤懣隨著時間的流逝愈加濃烈，卻找不到宣洩的出口。只能扶著欄杆，一遍一遍把它拍遍。千金縱買相如賦，脈脈此情誰訴。縱使他抗戰復國的政治主張再宏大，縱使他的實際才幹再突出，也終究敵不過皇帝的昏庸軟弱和只求苟安的政治環境。

個人的際遇不足掛齒，可是靖康之變的國恥卻永遠不能忘卻。柳三變可以「才子詞人，自是白衣卿相」，蘇東坡可以「一蓑煙雨任平生」，周邦彥可以「先安簟枕，容我醉時眠」，可是辛棄疾只能深陷悲痛之中，不能自拔。

佛說：破執而離苦。可是，在靖康之恥的離難中，在北民南渡的分別時，在懦弱朝廷的苟延殘喘下，時刻幻想著沙場秋點兵的辛棄疾怎能隨遇而安，冷眼入世，又怎會自欺欺人，醉生夢死？

（二）

窮途而哭，千古一慟之時，大筆一揮便是一首〈水龍吟・登建康賞心亭〉。這便是辛棄疾，既有著軍人的豪情，又有著詞人的胸懷。

寫下這首詞時已是稼軒南歸後的第九個年頭了。「歸正人」的尷尬身分一度成為他仕途上的障礙。

拳拳之心掏給高堂之上的帝王，回饋他的卻是冷漠的目光和迴避的態度。他被皇帝刻意遺忘了，這一忘，便是十年。須臾之間，英雄白頭一如美人遲暮，人生又有幾個十年。

古代文人偏愛在建康作詞，北宋年間，王安石寫下過「六朝舊事如流水，但寒煙衰草凝綠」的名句，那時候，在風雨飄搖中的北宋王朝已搖搖欲墜，但對比起今日的南宋，卻至少能保得國土完整。

位居宰相的王安石自然有足夠的自信來俯瞰歷史，借古鑑今。而此時的稼軒，國破家亡，壯志難酬，一曲〈水龍吟〉作罷，又怎能不「憑軒涕泗流」？

讀罷此詞，詩人豪邁悲壯的形象躍然紙上。酣暢淋漓的詞風透露出詞人崢嶸的風骨和慷慨之氣概。難怪連清朝的康熙帝都說「君子觀辛棄疾之詩，不可謂宋無人矣」。經年之後，能得到中國封建歷史上最為英明的君王稱讚，也算是揾其英雄淚了。

（三）

古代的文人總是遊移在儒家和道家之間，他們以「先天下之憂而憂，後天下之樂而樂」為己任，認為社會價值高於個人價值，正如張載所說，為天地立心，為生民立命。而辛棄疾，正是這樣的人。

千百年之後，無數人翻閱著他的詩詞，品讀著他的人生。歷史的錯位導致他「筆作劍鋒長」，轉而在南宋的詞壇上開疆拓土，創造一個以他的姓氏命名的新詞派。

人的一生可以用不同的方式來演繹，南山採菊的悠然，白鹿青崖的超邁，梅妻鶴子的清逸，都令人心馳神往，但是，也許只有像辛棄疾這樣靠一己之力與現實做改變和抗爭的人，才是真正值得被歷史銘記的民族脊梁。他們以「寸寸山河寸寸金」為執念和信仰；他們仇恨苦痛，位卑未敢忘憂國；他們捐軀赴國難，視死忽如歸；他們才是中華民族的脊梁。

正如詩人臧克家所言：有的人活著，他已經死了。有的人死了，他還活著。辛棄疾就是這樣一面在南宋乃至整個詞壇上高揚的旗幟。

磅礴英雄氣：
萬里腥膻如許，千古英靈安在

〈水調歌頭．送章德茂大卿使虜〉

不見南師久，漫說北群空。
當場隻手，畢竟還我萬夫雄。
自笑堂堂漢使，得似洋洋河水，依舊只流東？
且復穹廬拜，會向藁街逢！
堯之都，舜之壤，禹之封。
於中應有，一個半個恥臣戎！
萬里腥膻如許，千古英靈安在，磅礴幾時通？
胡運何須問，赫日自當中。

（一）

在南宋，由於國力衰弱，偏安一隅，愁煞了多少仁人志士。這時的詞壇也是一片慘澹，瀰散著孤憤、難酬的氣息。如陳亮〈水調歌頭．送章德茂大卿使虜〉這麼昂揚高邁、愛憎鮮明的，確是少數，可謂在眾多愛國詞篇中獨樹一幟。陳亮其人，在《宋史》中有記載：「生而且有光芒、為人才氣超邁，喜談兵，議論風生，下筆數千言立就。」可見，這是一個月朗風清、慷慨任氣、才思敏捷的人。

詞成於宋金「隆興議和」之後。從詞名中，「虜」之一字，可見詞人的態度。「使虜」說的是宋孝宗派大理寺少卿章德茂出使金朝以賀金世宗生辰。陳亮送友北上，對如仇讎的金人，不能快意殺之，卻要俯首慶賀，這是一種怎樣的憤懣和恥辱。

長亭送別，北望汴京，萬里腥膻，不禁吼道：千古英靈安在？楚雖三戶，亡秦必楚，不要看見王師沒有北上，就以為中華無人。這片悠久深沉的土地上，有過守成化民的堯舜禹，有過雖遠必誅的漢武帝。華夏民族的尊嚴，怎僅會只一個半個恥臣戎？國仇家恨的洗刷，大宋領土的收復，終會有時。要明白，朗朗乾坤，赫日自當中！

我想此時的陳亮，定然是雄姿英發，壯志滿懷，指北激昂。

在詞史上，談到陳亮，不可不提的是辛棄疾，《藝概》言：同甫（陳亮）與稼軒為友，其人才相若，詞亦相似。誠然他們志同道合，皆為豪放詞，但是，稼軒孤憤，陳亮高昂。

除了這首著名的〈水調歌頭．送章德茂大卿使虜〉，還有另一首〈念奴嬌．登多景樓〉，可見其磅礴振奮：

危樓還望，嘆此意、今古幾人曾會？鬼設神施，渾認作、天限南疆北界。一水橫陳，連崗三面，做出爭雄勢。六朝何事，只成門戶私計？

因笑王謝諸人，登高懷遠，也學英雄涕。憑卻長江，管不到，河洛腥膻無際。正好長驅，不須反顧，尋取中流誓。小兒破賊，勢成寧問強對！

同樣是登樓望遠，稼軒的是「江南遊子，把吳鉤看了，闌干拍遍，無人會，登臨意」的沉鬱苦寂，而陳亮卻是「正好長驅，不須反顧，尋取中流誓」的高瞻遠矚，暢快淋漓。這是時代的強音，民族的自信。什麼是自信？不是不明形勢的盲目樂觀，不是初出茅廬的無知無畏，是歷經憂思苦痛後的成熟，是歷經災難誹謗後的不屈，是歷經分離死亡後的豁達。陳亮，拒絕籠絡，逾垣而逃；布衣之身，連上五疏，直言不諱；兩次下獄，不改初衷。這，才是真正的自信，昂揚而又富有張力。

（二）

滿紙豪情，噴湧磅礴，有力挽狂瀾之勢，存民族自豪之心。陳亮的詞，如一股強勁的風，吹過陰霾滿布的南宋詞壇上空。可惜可笑，還有人認為這種高昂直白有殺詞的價值審美，畢竟溫良敦厚、哀而不傷，才是詞中大雅。中國傳統文化的痼疾就在於此，鋒芒畢露，極左極右都會被呵斥，不偏不倚，中庸守正，方能長久。這是一種怎樣變相的隨波逐流、死氣沉沉啊！

那些戰戰兢兢、中庸行事的庸儒們，你們且看看，北地遺民、舊都汴梁，還有燕雲十六州在內的華夏土地，哪裡還有一絲一毫典雅中正的氣息。詞尚且不敢如此銳意進取，況且朝政乎？也只能是委曲求全、仰人鼻息罷了。試想朝堂上下一片融融雅正祥和之氣，一朝城破，七廟難保，以何顏面面對百姓蒼生，國家社稷？好一中庸守正呵！

這時的國家，需要的不是庸庸碌碌的守成之人，而是敢於乘風破浪、一往無前的勇士。可悲可嘆，時勢可以造就英雄，亦可以毀掉英雄。陳亮這樣的願望，終消斷於塵土中，折戟沉沙，此時的我，也不過是自將磨洗認前朝，好在，暗紋依舊，光芒依舊。

（三）

讀南宋詞，不免涕零，然陳亮這樣的詞，著實令人驚喜。如習慣江南梅雨季節的陰雨綿綿，突然來了個晴天，天朗氣清，遂滿懷歡喜，青梅煮酒，呼朋引伴，登高山，臨清流，共用這難得的明媚風光。

猶憶歲月崢嶸：恨登山臨水，手寄七弦桐

〈六州歌頭．少年俠氣〉

少年俠氣，交結五都雄。肝膽洞，毛髮聳。立談中，死生同。一諾千金重。推翹勇，矜豪縱。輕蓋擁，聯飛鞚，斗城東。轟飲酒壚，春色浮寒甕，吸海垂虹。閒呼鷹嗾犬，白羽摘雕弓，狡穴俄空。樂匆匆。

似黃粱夢，辭丹鳳；明月共，漾孤篷。官冗從，懷倥偬；落塵籠，簿書叢。鶡弁如雲眾，供粗用，忽奇功。笳鼓動，漁陽弄，思悲翁。不請長纓，系取天驕種，劍吼西風。恨登山臨水，手寄七弦桐，目送歸鴻。

（一）

「手寄七弦桐，目送歸鴻」，第一次看見這句話，讓我想起嵇康的「目送歸鴻，手揮五弦」。魏晉風流，這樣一位蕭蕭肅肅、爽朗清舉的男子所留下的句子，隔著幾百年，在宋詞中，依稀又看見了影子。對於這位「巖巖若孤松之獨立」、「巍峨若玉山之將崩」的風華絕代

文人心生仰慕，愛屋及烏，未看全詞，便已心生好感了。

讀罷〈六州歌頭〉，才知道自己會錯了意。這兩首詩詞，詞采意境是截然不同的。嵇康高古悠遠，賀鑄浩然雄健。不過，這樣的誤會也是讓人歡欣的。如為追逐蝴蝶而誤入森林的孩子，雖蝴蝶已不見蹤影，卻發現綠樹青翠，繁花繽紛，又是一處宜人美景。

賀鑄的詞，以前接觸的大都是細膩婉轉、淒豔動人的。如「芭蕉不展丁香結。枉望斷天涯，兩厭厭風月」、「向睡鴨爐邊，翔鸞屏裡，羞把香羅暗解」之句，讀來齒頰生香，是玉蘭樹下彈箜篌女子旖旎纏綿的閨思，是他鄉望月青衣男子的癡情。這首〈六州歌頭〉的氣勢，倒是初次相遇，不禁眼睛一亮，耳目一新。

詞的開篇，便是寫豪俠任氣的少年。從賀鑄的家世來看，皇親貴冑，七代從軍，想必應是顯赫富貴一時。五陵少年，錦衣裘馬，豪放不羈，慷慨任俠。「推翹勇，矜豪縱。輕蓋擁，聯飛鞚，斗城東」，年少無畏，大有「曉策六鼇，濯足扶桑」之氣勢。這讓我想到了那位「骨氣奇高，詞采華茂，情兼雅怨，體被文質」的曹子建的〈白馬篇〉：

白馬飾金羈，連翩西北馳。借問誰家子，幽并遊俠兒。少小去鄉邑，揚聲沙漠垂。宿昔秉良弓，楛矢何參差。控弦破左的，右發摧月支。仰手接飛猱，俯身散馬蹄。狡捷過猴猿，勇剽若豹螭。邊城多警急，虜騎數遷移。羽檄從北來，厲馬登高堤。長驅蹈匈奴，左顧凌鮮卑。棄身鋒刃端，性命安可懷？父母且不顧，何言子與妻！名編壯士籍，不得中顧私。捐軀赴國難，視死忽如歸！

少年賀鑄，任俠使氣，不可一世，這應該便是他的理想吧。無論時代怎麼變化，少年小子，都有顆醉臥沙場、馬革裹屍的無畏之心，難怪，宮本武藏說：誰能阻止得了少年武士赴死呢，他們聽不到啊。讀上闋詞，不可不熱血沸騰，也不禁感嘆「少年不識愁滋味」啊。

（二）

人生不可能沒有遺憾，但不能有太多的遺憾。似乎每一個失意人的故事裡，都有一段肆意的歲月。人總是在成長的，沒有人可以一直被庇護，無憂一世。肆意過後，便有責任要來承擔，世間百態，亦在這時能夠遍嘗。回憶有時真是毒藥。憶往昔，如黃粱一夢，觀此刻，倍加困頓慘怛。年少的諾言，年少的鬥武，年少的暢飲，在滿目瘡痍的現實面前，都化作一杯苦澀的茶。一燈如豆，剪剪燈花，喝下這早已涼透的茶。

每個時代，太多的人，都會有壯志難酬的感慨。建功立業，治國安邦，贏得生前身後名。理想和現實之間總是有隔閡的，這個亙古不變的矛盾命題，有太多的人感嘆了。我想說的是時間。時間，紅了櫻桃，綠了芭蕉。人生短暫，時間，才是一切的癥結所在。蔣捷一首

〈虞美人．聽雨〉說盡平生：

少年聽雨歌樓上，紅燭昏羅帳。壯年聽雨客舟中，江闊雲低斷雁叫西風。
而今聽雨僧廬下，鬢已星星也。悲歡離合總無情，一任階前點滴到天明。

這是很多人的經歷吧，此時此刻，不過是覽昔人興感之由，若合一契，臨文嗟悼，不能喻之於懷罷了。

這首詞的創作時間，有很多說法，我覺得，應該是徽宗宣和七年，詞人臨死的那一年的作品。因為只有經歷世事，看遍滄桑，不改少年初衷，才會有「恨登山臨水，手寄七弦桐，目送歸鴻」的感慨。雖不似嵇康般虛佇神素，脫然畦封，卻如此鮮活豐滿，見之不忘。

（三）

有志少年，到老了，「曖曖遠人村，依依墟里煙」是一種疏野曠達，「老來多健忘，唯不忘相思」是一種情深厚誼，而「恨登山臨水，手寄七弦桐，目送歸鴻」則是一種初心不改。

世事無常，多少人忘記了年少時的自己，臨到老了，日薄西山了，還能有恨，固守初衷，賀鑄，真是個純粹的人啊。

有溫度的宋詞（二版）：穿越宋詞，邂逅那個時代，相遇那些詞人

作　　者　谷盈瑩
責任編輯　夏于翔
協力編輯　黃稚晶
校　　對　魏秋綢
內頁構成　李秀菊
封面美術　江孟達工作室

發 行 人　蘇拾平
總 編 輯　蘇拾平
副總編輯　王辰元
資深主編　夏于翔
主　　編　李明瑾
業務發行　王綬晨、邱紹溢、劉文雅
行銷企劃　廖倚萱
出　　版　日出出版
　　　　　地址：231030新北市新店區北新路三段207-3號5樓
　　　　　電話：02-8913-1005　傳真：02-8913-1056
　　　　　網址：www.sunrisepress.com.tw
　　　　　E-mail信箱：sunrisepress@andbooks.com.tw

發　　行　大雁出版基地
　　　　　地址：231030新北市新店區北新路三段207-3號5樓
　　　　　電話：02-8913-1005　傳真：02-8913-1056
　　　　　讀者服務信箱：andbooks@andbooks.com.tw
　　　　　劃撥帳號：19983379　戶名：大雁文化事業股份有限公司

印　　刷　中原造像股份有限公司
二版一刷　2023年12月
定　　價　450元
I S B N　978-626-7382-36-3

國家圖書館出版品預行編目（CIP）資料

有溫度的宋詞：穿越宋詞，邂逅那個時代，相遇那些詞人／谷盈瑩著. -- 二版. -- 新北市：日出出版：大雁出版基地發行，2023.12
288面；15×21公分

ISBN 978-626-7382-36-3（平裝）

833.5　　112019646

圖書許可發行核准字號：文化部部版臺陸字第108010號
出版說明：本書由簡體版圖書《有溫度的宋詞（人生詩詞系列）》以正體字在臺灣重製發行，推廣經典詩詞。